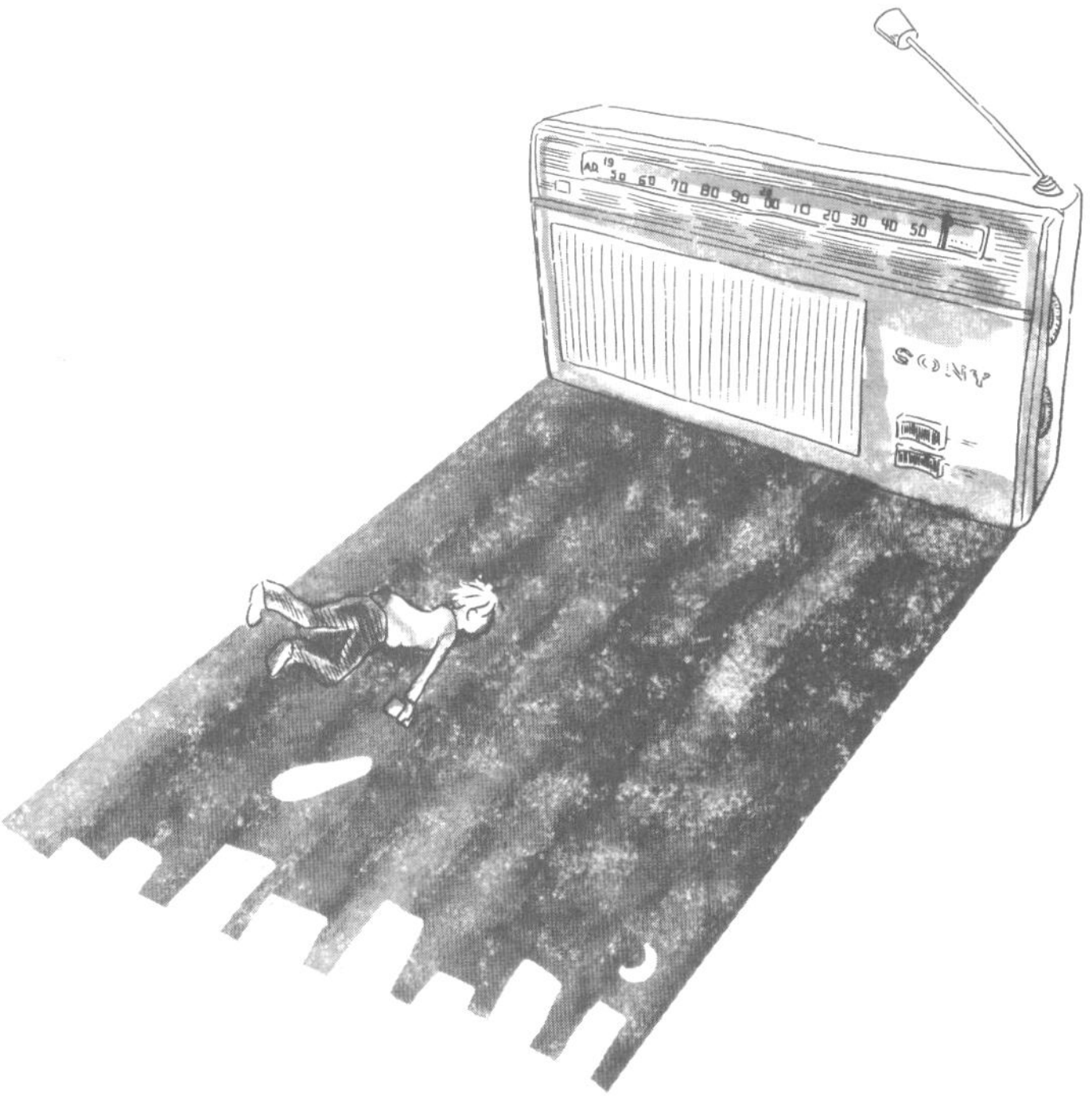

恋するラジオ

スージー鈴木

Turn on the radio

Suzie Suzuki

ブックマン社

２０３９年、72歳で亡くなる予定のラジヲくんに捧ぐ――。

Contents

白い靄《もや》の中の恋するラジオ（2039kHz）

Overture
序曲

白い靄《もや》の中にくるまれているようだ。

身体は宙に浮いている。靄の外側には強い風が吹いているのか、ゴォーっという音が薄く聴こえるのだが、靄の中はまったくの無音。母親の胎内で羊水に浮かんでいるような感覚だ。

ラジヲが両手で包むように持っているのは、「恋するラジオ」という名の古ぼけた風体のポータブルラジオ。

1966年に生まれたラジヲは、2039年、72歳でこの世を去った。確かにこの世は去ったのだが、音楽をこよなく愛した魂は、まだなごり惜しく、白い靄の中をさまよっている。

そして、「恋するラジオ」とは、この世を去った瞬間、音楽を愛した者だけに手渡されるもので、人生の中で、とりわけ印象的だった音楽と、その音楽が響き渡った街を、一つひとつ確かめる時間旅行への操縦桿《そうじゅうかん》のようだ。

左側に付いている円形の周波数ダイヤルをゆっくり回していく。周波数を示す縦棒がゆっくりと左側に向かっていく。

すると、1978kHzのところで雑音が途切れ、クリアな音で、懐かしい音楽が流れ始めた。アリスの《冬の稲妻《いなづま》》だ。

――♪あなたは　稲妻のように　私の心を引き裂いた

ラジヲの意識は、生まれ故郷の東大阪に降り立つ。1978年。ラジヲは小学6年生。音楽とラジオに目覚めた頃だ。今際《いまわ》の際《きわ》に思い出への旅を始めるには、格別の振り出しだ。

最初で最後、そして最期の旅が今、始まる。

A面

#1：東大阪のアリス（1978kHz）

1

1977年、小学5年生の頃、東大阪という、大阪の街外れに住むラジヲが熱中していたラジオ＝「ラジヲのラジオ」は、なんといっても、大阪毎日放送（MBS）で、月曜日から土曜日の夜22時から放送されていた番組『ヤングタウン』[*1]（通称「ヤンタン」）だ。

おそらく、その年の秋から聴き始めたのだろう。中学生や高校生が聴いているらしい夜のラジオに、友だちよりも先に接したいという思いもあって、熱心に聴き始めたのだ。

ラジヲの記憶にあるパーソナリティのラインナップは、77年10月からのものである。

・月曜日……笑福亭鶴瓶／浅川美智子
・火曜日……オール阪神・巨人／キタムラケン／有吉ジュン
・水曜日……谷村新司／佐藤良子／ばんばひろふみ
・木曜日……角淳一／笑福亭鶴光／佐々木美絵／原田伸郎
・金曜日……ピーター[*2]／鈴木美智子／伊東正治
・土曜日……桂三枝／月亭八方／中村京子／やしきたかじん

桂三枝（現・文枝）ですら34歳、若者世代のリーダーという感じで、アフロヘアの笑福亭鶴瓶[*3]はまだ26歳、落語家というより、フォークソング好きの若者が、夜のスタジオにまぎれ込んできたようなイメージだった。

そして、阪神タイガースファンの、ありふれた大阪の小学生だったラジヲに、ある個性が目覚めることとなったキッカケも、この「ヤンタン」だった。

毎晩、ラジヲは兄貴とセットの二段ベッドに入り、イヤフォンでこの番組を聴く。恋愛相談、バカ話、ダジャレ、下ネタなど、他愛のないハガキが、ひたすら読まれ続けているのを聴きながら、ラジヲの中に、ある考えがムクムクと動き始めるのである。

「こんなハガキやったら、俺が考えたネタの方がおもろいんとちゃうか？」

そう。ラジヲは弱冠11歳で、後に言う「ハガキ職人」を志すのである。

それからというもの、お小遣いのほとんどは官製ハガキ代に消える。ちなみに、当時の官製ハガキは20円。

「〒５３０―９１　大阪中央郵便局私書箱１３４３　ＭＢＳヤングタウン」

自分的には渾身《こんしん》のネタを書き付け、宛名面に、もう何度も書いて諳《そら》んじているこの住所を書いて、通学途中に投函《とうかん》する。まだ小学5年生である。「ヤンタン」を聴いているのも、ましてハガキを送っているのも、クラスで自分だけだと信じていた。ポストにハガキを入れるたびに、ラジヲは自分が大人になっていく気がした。

ただ、関西全体で見れば、そういうことをしている小学5年生は、少なからずいただろう。しかしその多くは、ハガキを読まれることもなく挫折《ざせつ》して、ありふれた小5のままでい続けたと思うのだが。

しかし、ラジヲは違った。ハガキが何度も読まれたのである。

もちろんネタの切れ味も、それなりには良かったと思うのだが、加えて、読まれるための工夫も、十分に兼ね備えていたと思う。例えば……。

わざと汚い字で書く／目立つようにハガキの周りを真っ赤に縁取る／往復ハガキで送る／ネタを全てローマ字で書く／シールなどなにかの異物をハガキに貼り付ける——。

大成功したのは、ネタを書いたハガキを、一度クシャクシャにして、そして平たく延ばしてから投函したときだ。郵便局が勘違いをして、「当局の手違いでハガキが傷みました」という付箋《ふせん》付きでハガキがＭＢＳに届き、その付箋を見た原田伸郎[*4]が、生放送で大爆笑。

「原田伸郎が、俺のハガキで笑ってる！」

このときのネタ自体は、それほど面白くなかったような記憶があるが、それでも、このハガキで、この番組のノベルティの最高峰である「ヤンタン・バッグ」をゲットすることが出来たのだ。

ノベルティは3種類。「ヤンタン・バッグ」「ヤンタン・キーホルダー」「ヤンタン・ステッカー」。ヒエラルキーもこの順で、面白ければ面白いほど、ステッカー↓キーホルダー↓バッグと昇り詰めていく。

ラジヲは早々と、この3種類すべてを手に入れたのだ。バッグ、キーホルダー、ステッカーを、二段ベッドの上段から手が届く天井に飾り付け、寝る前にじっと眺めながら、心の中でこうつぶやく――「人生って、チョロいな」。

実際のところ、この「天才ハガキ少年期」は、ラジヲの人生の中で、それから、そう簡単には訪れることのない一種の「黄金期」。その後の青春時代において、ラジヲの才能が持ち上げられることなど、数少なくなってしまうのだが、それでもそのときは有頂天《うちょうてん》である。

人生なんて、チョロいチョロい。

ベッドの中で、自分のペンネームが読まれる瞬間をイヤフォンで聞き、嬉しさのあまり、ベッドに置いた小さなラジオを叩いてガッツポーズをする瞬間。クラスの誰も知らない、もちろん家族も知らない、自分だけの絶頂――。

2

その頃、1977年の秋から78年にかけての、音楽シーンのMVPはアリスだ。いわゆる「ニューミュージック」の旗頭《はたがしら》として、77年秋リリースの《冬の稲妻》から、大ヒットを連発する。

・1977年10月5日《冬の稲妻》　55・4万枚
・1978年3月5日《涙の誓い》　40・5万枚
・1978年6月20日《ジョニーの子守唄》　49・4万枚
・1978年12月5日《チャンピオン》　78・0万枚

これに加えて、8月5日には、堀内孝雄のソロで《君のひとみは10000ボルト》が発売され、資生堂のCMタイアップの力もあり大ヒットしているのだから（96・9万枚）、この当時のアリスの勢いは異常だった（しかし翌１９７９年には早くも失速気味になり、代わって「ＭＶＰ」を戴冠《たいかん》するのがゴダイゴだ）。

そして先に書いたように、アリスのメンバー＝谷村新司は、この時期の「ヤンタン」のレギュラーパーソナリティだった（78年４月に、水曜日レギュラーから金曜日に移行）。

日本を席巻《せっけん》している音楽家が、関西深夜の生放送でレギュラーを張っているわけである。だからもちろん番組は盛り上がるし、そして、大阪のラジオ少年のラジヲとしても、とても誇《ほこ》らしかった。

そんなラジヲに、衝撃のニュースが舞い込むのは、１９７８年の夏のこと。クラスメイトのホソダがラジヲに告げる。

「アリスが、東大阪市民会館に来るらしいで！」

あの、今や飛ぶ鳥を落とす勢いのアリスが、我が街・東大阪市にやって来るというのだ。具体的には１９７８年の10月27日、ラジヲの家から歩いて10分ほどのところにある東大阪市民会館でコンサートをするという。

これはもう、後のＲＣサクセションの名曲＝《ドカドカうるさいＲ＆Ｒバンド》の世界である。

——♪バカでかいトラックから　機材が降ろされ　今夜のショーのための　ステージが組まれる

ラジヲは興奮した。そしてラジヲのクラスには、ホソダに加えて、フジキというませたアリスファンがいて、彼らも興奮状態に陥っていた。

興奮状態のラジヲとホソダ、フジキは、学校帰りに、善後策《ぜんごさく》を話し合った。

本来ならチケットを買って、そのコンサートに行けばいいのだが、小学6年生という分際で、それは現実的ではない。夜に出歩くのも難しいし、なにより、小6のお小遣いでチケット代など払えない。そもそもラジヲは、コンサートというものに、まだ一度も行ったことがないのだ。

でも、目と鼻の先にある、あの市民会館に、谷村新司と堀内孝雄が来るんだ。なにも行動しないという選択肢もない。

「どうしたらええ？」

「どうする、いうてもなぁ」

「でも行くしかないで」

「せやな、行くしかない」

結論は「イクシカナイ」の6文字だ。

3

こうして、行ってどうする、行ってなにをするという考えもなく、コンサートの当日を迎えた。ラジヲとホソダ、フジキは、親に怒られないよう「銭湯に行く」と嘘をついて、コンサート当日の17時30分、近所の公園に自転車で集合。

ラジヲは、当時の大阪では「ミニサイクル」と呼ばれた、いわゆるママチャリ。ホソダとフジキは、当時大流行したフラッシャー付き・変速機付きの黒い「スポーツサイクル」。リーダー格のホソダが、景気よくチリンチリンと自転車のベルを鳴らす。その音が、誰もいない、すでに肌寒い夕暮れの公園に、エコーをかけたように響き渡る。

「東大阪の少年たち、アリスに会いに行く大作戦」の始まりだ。

大阪の下町特有の、狭い狭い路地をすり抜けていく3台の自転車。周囲の建物にぶつかりそうになりながら、所狭しと猛スピードで走っていく姿は、まるでモナコグランプリのよう。そう言えば、3人のドライバーのテンションもF1レーサー並みだろう。

「♪あなたは 稲妻のように　私の心を引き裂いた！」

ホソダが大声でアリスのヒット曲《冬の稲妻》を歌い出す。フジキがそれに加勢する。

「♪蒼ざめた心ふるわせて　立ちつくす一人　立ちつくす！」

心を引き裂いたこともない、引き裂かれたこともない、蒼ざめた心をふるわせたこともない、一人立ちつくしたこともないガキどもが、モナコ、いや大阪の下町の路地で《冬の稲妻》を歌ってやがる。

アーケード商店街をくぐり抜け、文房具屋の角を左折、３人とも知っている寿司屋のお兄ちゃんに会釈《えしゃく》をして、床屋の角を右折、そして自分たちが通う小学校の前を通り過ぎる。

「おーい、先生。俺らは今からすごいことするんやで。あのアリスに会うんやで」

ラジヲは心の中でそうつぶやいた。「ヤンタン」で何度もハガキを読まれた。バッグやキーホルダー、ステッカーも手に入れた。そして今夜は生のアリスと会うのだ。

もう自分の個性は、こんなちっぽけな校舎には収まりきらないだろう。この小学校の前から市民会館に向かう道は、大人の世界へ昇る階段だ。

３台の自転車は、市民会館に向かう道を、ぐんぐんぐんぐん、猛スピードで進んでいく。３人のガキどもが、大人への階段を、一歩一歩ゆっくりと、でも確かな足取りで昇っていく。

「♪忘れないあなたが　残していった　傷跡だけは！」

大人の階段を昇っていった先には、心を引き裂いたり、蒼ざめた心をふるわせたり、さらには心に傷跡を残したりという物語が待っている。でもそんなことなど、誰もなにも知らない。それどころか、まだ恋すら知らない3人のガキどもが、市民会館に着いた。

――♪バカでかいトラックから　機材が降ろされ　今夜のショーのための　ステージが組まれる

RCサクセション《ドカドカうるさいR&Rバンド》で歌われているような光景が、目の前で展開されている。市民会館の周りが騒然としている。

自転車を脇の壁に停める。なんといっても当代一の人気ミュージシャンのコンサートである。市民会館周辺は、詰めかけた観客でごった返している。さぁ、どうやったらアリスに会えるのか、もしかしたら会場に潜《もぐ》り込めるのか。

「まずは落ち着こう」

ホソダは、時折妙に大人っぽい発言をして、周りを笑わせる。ホソダの考えに従って、3人は、市民会館近くの、行きつけの駄菓子屋《だがし》に向かった。そして3人は、瓶のコカ・コーラを買って、飲み干した。

こういうとき、つまり大人の世界に踏み出したようなときの飲み物は、コカ・コーラだった。今のように、やれゼロカロリー、やれゼロカフェインなどない。あの真っ黒く甘い、あのコカ・コーラだ。あれを飲み干すのが大人っぽいということだった。

大人の男は、コカ・コーラを飲む。
大人の男は、タバコを吸う。
大人の男は、曲を作り、ギターを弾き、歌を歌う――。

大人の男は、アリスだ！

4

その大人の男は、あっけなく、そこにいた。

まず、市民会館の地下のレストランに、本物の堀内孝雄がいた。スタッフか知人とステーキのようなものを食べている姿が、ドア越しに見えた。

「わっ、あれ、本物のベーヤンや！」

フジキが声を上げた。「ベーヤン」とは堀内孝雄のニックネームだ。その声を聞いて、同じく市民会館の地下をウロウロしていた、高校生くらいのアリスファンの男たちが数名寄ってきた。

ドアの横にある大きな窓のほうに移動してラジヲ、ホソダ、フジキ、そしてその高校生たちが一生懸命、堀内孝雄に手を振るのだが、堀内孝雄は、まったく気にせず、ひたすら黙々と食べている。

「こうなったらチンペイにも会えるんちゃうか？」

「チンペイ」とはもちろん、谷村新司のことだ。だったら上の方に行ってみようということになり、反応のない堀内孝雄を後にして、1階の方に上がっていった。

大人の男は、またあっけなく、そこにいる。

嘘のような本当の話、今度は本物の谷村新司が、そこにいたのだ。並んでいるファンにサインをしているところだった。

驚いたのは、その太い腕。ライブの回数を誇《ほこ》っていたアリスである。例えば《今はもうだれも》などで聴ける、アコースティックギターの力強いコードストロークが売りのアリスである。知らず知らずのうちに、腕も鍛えられていったのだろう。

市民会館のロビーのようなところ。サインを待つ行列は、1人また1人と増えていき、終わる様子はない。そこで意を決したラジヲは、谷村新司に話しかけた。

「チンペイ！　ヤンタン聴いてるで！」

そのとき、谷村新司がぐっと振り返り、ラジヲの方を見た。とても驚いたような顔つきでラジヲを睨《にら》んだ。

驚いたのはラジヲの方である。谷村新司に睨まれて、身体全体に戦慄《せんりつ》が走った。そして直立不動になって身構えた。なにか気に障《さわ》ることでも言ってしまったのか？

しかし谷村新司は向き直り、またサインをし始めた。そのときの谷村新司はなにを思ったのか。それは、数時間後にわかることとなる。

大人の男たちは、あっけなく、そこかしこにいた。ラジヲとホソダとフジキは、生の堀内孝雄と谷村新司に会えたのだ。開始15分で2ゴールを決めたストライカーたち。こんなに簡単に目的を達成してしまっていいのだろうか。人生なんて、チョロいチョロい。

あとは、コンサート会場に、どう忍び込むかだ。

5

もちろん、忍び込む方法などないのである。市民会館の周囲をぐるっと回ってみたが、当たり前のことだが、魔法の扉などなかった。

7時半を超えた。もうコンサートは始まっている。そこで3人は、もう一度地下に降り、「地下搬入口」と書かれた扉を開けてみた。

「ちか・なんとかぐち。なんて読むねん」

「そんなんどうでもええやないか。開いてるか？」

ガチャ。ズーン。ドアが開く。

「わっ、開いてるぞ」

そこは、会場の舞台にセットなどを搬入する地下入口のようなところだった。いかにも舞台裏という感じの狭い空間だった。

その中には階段があり、その上に鉄の扉がある。おそらくそこを開けると舞台につながっていると思われるのだが、さすがにそこは開いていない。

ただ、その空間でも、うっすらと舞台からの音が聞こえる。

――ドーン！　ドーン！　ギャーン！

ドーン！というバスドラムの低音と、ギャーン！ギターの高音部分だけが響いてくる。ただ音全体がもやっとしていて、なんの曲かまではわからない。ただ、これはまさしく、アリスの音なんだ。

とにかくここにいよう。ラジヲたちはそう決めて、階段の手すりにしがみつくような体勢でドーン！とギャーン！に耳を澄ませていた。そうしていると、たぶん女子高生の３人組が、扉を開けて、その空間に入ってきた。明らかに、ラジヲたちと同じ、チケットを持っていないアリスファンである。

「君ら、なにやってるん？」

「ここやったら、少し音が聴こえるんやで」

女子高生のリーダーっぽい、少し大場久美子[*5]に似ている華奢《きゃしゃ》な女子に対して、ラジヲが答えた。

「君ら小学生やろ。ようやるな」

「お姉ちゃんら高校生？」

「そうや。あんたらと一緒にここで聴いてええか？」

そうして、小学生３人と女子高生３人の奇妙な６人組が、搬入口の狭い階段に詰めて座り、物音を一切立てず、息を殺して、漏《も》れてくるアリスの音に耳を澄ませた。大場久美子の髪からは、ラジヲがそれまでに嗅《か》いだことのない香りがした。そのとき、聴き憶えのある西海岸風のツインリード・ギターが、うっすらと聴こえてきた。

――♪チャーラ・チャッチャチャ・ヂャラララー

ラジヲと大場久美子が声を揃えて言った。

「冬の稲妻や！」

――♪あなたは 稲妻のように　私の心を引き裂いた

ホソダとフジキは震えていた。大場久美子は、少しだけ涙ぐんでいるようだった。

――♪忘れないあなたが　残していった　傷跡だけは

そしてラジヲは、この狭い狭い搬入口で、また一歩、大人の階段を昇った。

6

そのコンサートは金曜日だった。ということは、コンサートの直後に、谷村新司が出演する「ヤンタン」がオンエアされることになる。１９７８年10月時点での「ヤンタン」ラインナップ。

・月曜日……笑福亭鶴瓶／浅川美智子／中村行延
・火曜日……オール阪神・巨人／キタムラケン／有吉ジュン
・水曜日……原田伸郎／大津びわ子／笑福亭笑光（後の嘉門達夫）／伊東正治
・木曜日……角淳一／笑福亭鶴光／佐々木美絵
・金曜日……谷村新司／ばんばひろふみ／佐藤良子
・土曜日……桂三枝／月亭八方／中村京子／やしきたかじん

コンサートが終了し、大場久美子たちに別れを告げて、ラジヲは、自転車を猛スピードで走らせて、長すぎる銭湯から帰宅。ベッドに潜り込んで、トランジスタラジオに耳を澄ませた。

夜22時。威勢《いせい》のいいホーンのイントロが鳴り響き、「ヤンタン」が始まる。鉄の扉の向こう側で歌っていた谷村新司は、今日のコンサートについて、どう語るのだろう。そして、もしかしたら、コンサート前に見かけた自分のことを、喋《しゃべ》ってくれるかもしれない。

嘘のような本当の話。大人の男は、あっけなく喋ってくれた。しかし、その内容は、予想外のものだった。

「いやぁ、今日は東大阪でコンサートやったんですけどね。ほんまにびっくりしましたよ」

谷村新司がいきなり語りだす。ばんばひろふみが突っ込む。

「なににびっくりしたん？」

「いやね、こーんなちっちゃい小学生に『チンペイ！　ヤンタン聴いてるで！』って言われてねぇ。人気があるんはありがたいことやけど、あんなちっちゃい子供が聴いてるんやったら、どぎつい下ネタは、ちょっと控えた方がええかと思ってね（爆笑）」

――「ちっちゃい子供」！

大人の階段からつまずいて、子供の世界に放り投げられた感覚だった。あれほど大人の世界に昇り詰めた感覚でいたのに、谷村新司にしてみたら、自分は、単なる招かざる「ちっちゃい子供」だったのだと。

さらに驚いたのは、翌日の土曜日である。どこからどう噂が回ったのか、昨夜の「ヤンタン」で、ラジヲが谷村新司に「ちっちゃい子供」としてイジられたことを、クラスのみんなが知っていたのである。

そう、みんなすでに「ヤンタン」を聴いていたのだ。ラジヲが、自分だけの密《ひそ》かな大人の愉《たの》しみだと思っていた「ヤンタン」を。

――♪飛び散る汗と煙の中に　あの頃の俺がいた

いい歳をした大人が若かった頃を振り返る《ジョニーの子守唄》が流れている。ラジヲや、ホソダ、フジキ、そしてクラスのみんなが、半歩ずつくらいの違いはあれど、足を揃えて、ゆっくりとゆっくりと大人になっていく。

＊1 ヤングタウン……1967年から現在まで続く、大阪毎日放送（MBSラジオ）の人気番組。通称「ヤンタン」。驚くべきことに今（2020年）現在、アリスの3人が「ヤンタン」金曜日を担当している。
＊2 桂三枝……かつら・さんし。現・桂文枝。笑福亭仁鶴と並ぶ、70年代上方落語界の人気者ツートップ。特に桂三枝には、大阪の若者文化を代表するカルチャーヒーローの一面もあった。
＊3 アフロヘアの笑福亭鶴瓶……アフロヘアとオーバーオール姿でメディアに登場する、奇妙な若手落語家。今でも多少そうだが、鶴瓶のラジオトークには、70年代フォークの香りがプンプンした。
＊4 原田伸郎……清水国明とともに、70年代中盤を席巻したお笑いフォークデュオ「あのねのね」を組んでいたが、「ヤンタン」にはソロで出演。その独特の声質は、今でもよく耳にする。
＊5 大場久美子……70年代後半という「アイドル不遇の時代」を、石野真子、榊原郁恵とともに支えた存在。オリンパスのカメラ「OM10」のCMにおける美しさが忘れられない。

＃2：大阪上本町の
クイーン (1983kHz)

A面

―

２０１８年の11月、50歳を超えたラジヲは、六本木ヒルズの映画館で、評判の映画[*1]『ボヘミアン・ラプソディ』を観た。

映画館の入口、フレディ・マーキュリーをフィーチュアした巨大ポスターの前で、若いカップルが写真を撮っているのを見て、「１９８３年、僕がどれほどクイーンを好きだったか、誰も知らない」と、心の中でつぶやいてみた。

映画は大詰め。よりを戻したクイーンによるライヴエイドの演奏シーン。２曲目に歌われたのは《レイディオ・ガ・ガ》。感動的なシーンだ。周囲からすすり泣きも聞こえる。しかしラジヲは、おそらくこの満員の映画館の中でたった１人、靴の中に小石が残っているような違和感を覚えていた。

「あの頃、この曲、みんな半笑いで聴いていたのに――」

『ボヘミアン・ラプソディ』が一種の社会現象となるほど大ヒット、周囲のみんなが手放しで称賛《しょうさん》しているさまを見て、ラジヲが違和感を覚えたのは、高校生の頃、クイーンが色眼鏡で見られていたことが、まるで昨日のことのように思い出せるからだ。

2

ラジヲの洋楽人生、言い換えれば、ロックンロール的ななにかを靴の底に敷いて、ずんずんと歩いていく毎日が始まったのは、中2の頃、ビートルズの《デイ・トリッパー》を聴いてからだ。

クラスメイトの多くが、イエロー・マジック・オーケストラ（YMO）が大好きで、特にアルバム『ソリッド・ステイト・サヴァイヴァー』は、仲間内での必聴アルバムとなっていた。

そのB面の2曲目に入っていたのが、《デイ・トリッパー》のカバー。よくしたもので、仲間の1人が、彼の兄貴が持っていたビートルズの『オールディーズ』というコンピレーション・アルバムから、「本物」の《デイ・トリッパー》をダビングして聴かせてくれたのだ。

「スッカスカやな」

スッカスカ――これが、本家《デイ・トリッパー》に対するラジヲの第一印象だった。

「こんなん、ＹＭＯの方が、全然かっこええで」

しかし、１９６０年代半ばの、世界中の若者がそうだったように、ビートルズ・サウンドが放つ、ある麻薬的な常習性に、ラジヲがやられるのも時間の問題だった。

♪ビョー・ンビョ・ビョビョ・ビョビョ・ーン・ビョビョ・ーンビョ・ビョビョ

イントロから何度も繰り返される、あの奇妙なリフレインが頭にこびりついて離れない。気が付いたら、ビートルズの音楽をもっともっと聴きたいと思い始めていた。

これはもう立派な「ビートルズ依存症」だ。

そこからは、お小遣いが貯まるごとに、近鉄河内小阪駅前の「多喜《たき》」というレコード屋に行って、ビートルズのシングルを少しずつ買い漁《あさ》る日々だ。当時、白地に赤いデザインを施《ほどこ》したジャケットのシングル盤シリーズが一挙に再発売されていたことも、ラジヲには都合が良かった。

いちばん初めに買ったのは、《プリーズ・プリーズ・ミー》／《アスク・ミー・ホワイ》

のシングル盤。《プリーズ・プリーズ・ミー》は、当時チューインガムのＣＭに使われていたので、親しみを感じていたこともあり、まずはこれだと。

ハマったのは、Ａ面のあの有名な《プリーズ・プリーズ・ミー》ではなく、Ｂ面の《アスク・ミー・ホワイ》だ。その、遠く見知らぬ街＝リバプールの深い森の中に誘われるような曲調は、それまで聴いていた日本の歌謡曲・ニューミュージックとは、明らかに異なっていた。

そして、その森の中を、ずんずんと進んでいきたい、進んでいかなきゃと思った――ロックンロールを底に敷いた靴を履いて。

この瞬間、大阪の街外れに、世界中で何千万人目、いや何億人目にあたるのだろう、ロックンロール少年がまた１人誕生したのだった。

3

中３から高１にかけて、ラジヲはビートルズを徹底的に聴き込んだ。同時期にギターも弾き始めていたので、ビートルズが生み出した奇想天外《きそうてんがい》なコード進行を、市販のコードブックで一つひとつ確かめて、天井を見つめて「うーん」と唸《うな》る日々だった。

そして、1960年代に遅れて、80年代に生まれたロックンロール少年は、次の洋楽を探し始める。気持ちは、「もう邦楽なんて要《い》らん。YMOなんかも、もうたくさんや。洋楽の方が本物や、洋楽の方がかっこええんや」という感じだ。

しかし、当時のヒットチャートには食指《しょくし》が動かなかった。今調べてみると、ラジヲが中3だった年＝1981年のビルボード年間ランキングのトップは、キム・カーンズの《ベティ・デイビスの瞳（Bette Davis Eyes)》だったのだが、当時リアルタイムで聴いた記憶はほとんどない。

先ほどの独白＝「洋楽の方が本物や」に形容詞を付け加える——「古い洋楽こそが本物なんや」。

かねてからの「60年代ブーム」「オールディーズ・ブーム」のムーブメントもあり、ラジヲの意識は近過去を向いた。こういう少年は、当時大阪にはたくさんいたと思う。そんな、トレンド無視の近過去志向が強すぎたことで、後に上京したとき、少しばかり苦労することになるのだが——。

聴いたことのない古い洋楽＝「新しい『古い洋楽』」と出会うための3つのルート。

ひとつは、当時大阪にも増え始めていた「レンタルレコード店」[*2]だ。日常会話の中では「貸しレコード屋」と言われた。

当時、近鉄布施駅前に「回盤堂《かいばんどう》」という、「甲斐バンド」に響きが似た名前の貸しレコード屋が出来、そこで「古い洋楽」のレコードを借りるのだ。

ビートルズの次に照準《しょうじゅん》を絞ったのは、レッド・ツェッペリン。当時大阪に多かった近過去洋楽志向少年の多くは「近過去ハードロック志向少年」だった。例えば、ディープ・パープルは、ラジヲの周りでは、サザンオールスターズよりも浸透していたのだが、それでもラジヲには、なんだか思想的な深みがないように感じた。

言い換えれば、レッド・ツェッペリンはどこか知的で、大人っぽいイメージがあった。「ビートルズ全アルバム制覇の次は、レッド・ツェッペリン制覇だ」と息巻いた。

家族と晩ご飯を食べた後、自転車で布施駅まで向かい、回盤堂で『レッド・ツェッペリンII』を借りる。家に帰り、テクニクス[*3]のレコードプレイヤーに盤を丁寧に乗せ（盤に傷が付くとレンタルレコード店から罰金を取られた）、ソニー[*4]のＢＨＦか、マクセルのＵＤ、ＴＤＫのＡＤなどの、ノーマルタイプのカセットテープにダビングする。

『レッド・ツェッペリンⅡ』はよく聴いた。毎晩寝る前に、密閉型ヘッドフォンで爆音で聴く。ジョン・ポール・ジョーンズのベースが忙《せわ》しく動き回る《レモン・ソング》を聴くと、なぜだかよく眠れるのだ。

ラジヲにとって『レッド・ツェッペリンⅡ』は、このときの「レコードからダビングした、ノーマルタイプのカセットテープで聴いた音」がスタンダードになっている。アナログメディアの中で、もがいているように歪《ひず》む、ジミー・ペイジのレスポール[*5]。

だから、その後、ＣＤリイシューを繰り返し、硬くキラキラ音に音が変わっていった『レッド・ツェッペリンⅡ』には、どうにも馴染《なじ》めなかったのだが。

4

ふたつ目のルートは、ＦＭラジオだ。とはいえ当時、大阪にＦＭ局は2局しかなかった。[*6]ＦＭ大阪とＮＨＫＦＭ。しかしその分、古い洋楽を紹介する番組は多かったように思う。

ＦＭでの古い洋楽ハンティングに向けて、ラジヲが取り入れていたのは、極めて雑食的な方法だ。

・カセットテープをデッキにずっと入れておく。
・ＦＭラジオを流しっぱなしする。
・古い洋楽がかかったら、曲の途中であっても、とにかく片っ端から録音スイッチを押す。

結果、古い洋楽が断片的に無秩序《むちつじょ》に入った、つぎはぎだらけのテープが出来上がる。それを「Patched Tape」（つぎはぎテープ）、「Mixed Bag Tape」（寄せ集めテープ）などのタイトルを付けて、何度も何度も聴く。

ここで、ラジヲの手元に残っていた、浪人時代＝１９８５年制作の「Mixed Bag Tape」（ソニーＢＨＦ46分）、その選曲を紹介する。

A面
＃1 ナック《マイ・シャローナ》
＃2 ピンク・フロイド《アナザー・ブリック・イン・ザ・ウォール・パートⅡ》
＃3 ブロンディ《コール・ミー》
＃4 ビリー・ジョエル《ロックンロールが最高さ（It's Still Rock and Roll to Me）》
＃5 レイ・パーカー・ジュニア《ゴーストバスターズ》

B面
#6 安全地帯《碧い瞳のエリス》
#7 ギルバート・オサリバン《アローン・アゲイン（ナチュラリー）》
#8 サイモン&ガーファンクル《ミセス・ロビンソン》
#9 サイモン&ガーファンクル《4月になれば彼女は（April Come She Will）》
#10 グランド・ファンク・レイルロード《ロコモーション》
#11 ビー・ジーズ《ステイン・アライヴ》

まさに無秩序。古い洋楽だけでなく、その当時の比較的新しい洋楽（《ゴーストバスターズ》）や邦楽（《碧い瞳のエリス》）まで入っているのだから、ここまでくれば、「無秩序が徹底された秩序」という感じさえする。

かなり年を取ってから、ラジヲは、こんな無秩序なテープ作り、無秩序な音楽生活を経験して良かったと思うことが多かった。あの頃、秩序に沿ったテープの作り方（アルバム1枚にメタルテープのカセット1本、インデックスはレタリングまでして、大切に保存するなど）をしていた仲間よりも、たくさんの音楽を十分に楽しめたという手応えがあるからだ。

そのとき聴いていたラジオ番組のほとんどは、タイトルすらも忘れてしまっている。それほどに多くのラジオ番組を、思い入れなく聴いていたし、目的は、その番組を聴くことではなく、古い洋楽をハントすることだったからだ。

　ただひとつだけ、タイトルまで憶えている番組がある。FM大阪の『ローリング・ポップス』[*7]である。平日の夕方に放送されていた、なんの変哲もないリクエスト番組。ただ、古い洋楽だけしかかからない、当時としては珍しい選曲の番組で、好みに合ったのだ。

　この番組を聴くためだけに、ラジヲは学校から急いで帰ってくる。そして、録音スイッチを準備しながら（録音ボタンと一時停止ボタンを両方押した状態で、一時停止ボタンの方に指をかけておく）、『ローリング・ポップス』を聴く。おそらくベンチャーズであろう、テケテケしたエレキ・インストのテーマ曲が流れる――。

　『ローリング・ポップス』を待ち構える日々は1年くらい続いただろうか。平日の夕方、兄貴との相部屋の窓から見える夕暮れに包まれて、スピーカーから流れるゾンビーズ《ふたりのシーズン（Time Of The Season）》に耳を澄ませたあの時間を、ラジヲは、一生忘れることはなかった。

5

貸しレコード屋とＦＭラジオに続く、３つ目の古い洋楽ハンティング法をラジヲが知ったのは、偶然のことだった。

高２の夏休み、登校日か補習で登校した後、高校最寄り駅の近鉄大阪上本町《うえほんまち》駅に併設された近鉄百貨店入口の前に、レコードが並んでいる光景を見つける。

――「夏の中古レコードフェア」

レコード棚の上に、質素な看板が掲げてある。ラジヲは驚いた――「古本は知っているけど、古レコードっていう商売もあるんか」

おそるおそる棚を見てみる。ピラピラの薄いビニールに包まれて、やや黄ばんだり汚れたりしたジャケットの洋楽アルバムが並んでいる。よく見てみると、レコード帯（ジャケットを縦に包む宣伝販促用の紙）が残ったきれいな状態のものは値段が高く、帯が無かったり汚れたりしている、状態の良くないものは値段が安い。高いものは３０００円くらい。安いものは１０００円を切っている。

くすんでいるけど光っている1枚。

その後の大学時代、ラジヲは、足繁《あししげ》く中古レコード屋に通うことになる。そのとき、ごくごくたまに、中古レコード屋に並んだ古ぼけたレコードの中で、たった1枚だけ、ピカッと光っているという光景に出くわすこととなるのだが。

今、百貨店の前の急造《きゅうぞう》の「中古レコードフェア」で、ラジヲにとって、人生初の「くすんでいるけど光っている1枚」を見つけた！

――クイーン『オペラ座の夜』（The Night At The Opera）

少しは事前情報もあったのかもしれないが、とにかく、この真っ白な（それゆえに汚れも目立つ）このアルバムがピカッと光って、「今、君はこれを買うべきだ」と語りかけてきた。

そしてラジヲは「今、俺はこれを買わなあかん」と強く思った。

それから何度聴いたことだろう。

もちろん《ボヘミアン・ラプソディ》が決定打となるのだが、それよりもまず耳が惹きつけられたのは、B面1曲目の《預言者の唄（The Prophet's Song）》だ。「♪ Ah people can you hear me?」から始まる、フレディ・マーキュリーの「1人3人分の輪唱」（謎な表現だが聴けばわかる）にひっくり返った。兄貴との相部屋の中で、フレディの声が幾重《いくえ》にも重なっていく。ビートルズ『アビイ・ロード』B面のメドレーを聴いたときも、たいそう驚いたが、今回はその比ではない。「1人3人分の輪唱」を何度も何度も聴いた。

そして、レッド・ツェッペリンはテープでもいいが、クイーンだけは、レコードで持っていなければならないとも思った。レッド・ツェッペリンよりも、たくさんの音が詰まっている感じがする。だからクイーンはダビングせずに、レコードから直接のいい音で聴かなければならないという、妙な固定観念を持ったのだ。

後日、布施駅前に「ピックアップ」という名の中古レコード屋をラジヲは発見する。クイーンの中古レコードを買って聴き続ける日々がやって来る。

いちばん好きだったのは、ライヴ盤『ライヴ・キラーズ』に収録された《'39》だ。『オペラ座の夜』に入っているスタジオ版よりもいい。今から考えれば、《預言者の唄》も《'39》も、ブライアン・メイの作品だ。当時のラジヲは、クイーン全体というよりも、ブライアン・

メイのメロディに惹かれていたのかもしれない。

しかし、『オペラ座の夜』や『ライヴ・キラーズ』などの、１９７０年代のクイーンは良かったのだが、リアルタイム＝83年のクイーンは、パッとしなかった。時代は「ニュー・ロマンティック」[*9]や「第二次ブリティッシュ・インベイジョン」[*10]だった。雑誌[*11]『MUSIC LIFE』の人気投票＝「ML人気投票」でも、82年にはトップだったクイーンが、83年にはベスト5圏外に落ちている。

「ML人気投票」、グループ部門の結果はこうなっている。

（１９８２年）
１位：クイーン
２位：レインボー
３位：マイケル・シェンカー・グループ
４位：ダリル・ホール＆ジョン・オーツ
５位：ホワイトスネイク

（１９８３年）

1位：デュラン・デュラン
2位：カルチャー・クラブ
3位：U2
4位：レインボー
5位：マイケル・シェンカー・グループ

ガラリと潮目《しおめ》が変わっている。1983年になって、デュラン・デュラン、カルチャー・クラブ、U2というブリティッシュ系の3バンドがのしてきて「70年代」や「ハードロック」をいよいよ過去に追いやったことを、このランキングは明確に示している。

そして1970年代とともに、クイーンも追いやられつつある。

起死回生《きしかいせい》を狙った感じで、翌1984年、クイーンはニューアルバム『ザ・ワークス』を発表する。しかしラジヲは、まずもって「古い洋楽」を志向していた上に、「もうクイーンの時代じゃないだろう」という気持ちもあり、このアルバムを買わなかった。

それでもラジオをつけっぱなしにしていると、クイーンの音楽が流れてくる。耳にしたのは、ニューアルバムからの先行シングル《ラジオ・ガ・ガ（Radio Ga Ga）》だった。

この曲は当時、「レイディオ・ガ・ガ」ではなく「ラジオ・ガ・ガ」と発音された。そのせいか、タイトルの響きもなんとなく野暮《やぼ》ったく、またクイーンらしからぬエレクトロ・ポップなアレンジもどこかとぼけていて、ラジヲには、まるでコミックソングのように響いたのだ。

そして決定打は、『ザ・ワークス』からの次のシングル＝《ブレイク・フリー（I Want to Break Free）》の女装プロモーションビデオである。

ラジヲだけではなく、周囲の音楽ファン仲間も、「もうクイーンは終わってるわ」と思い始め、半笑いで見つめ始めた。クイーンは一種のネタバンドのようになっていた。少なくとも《ラジオ・ガ・ガ》を切実な思いで聴いた仲間は、ラジヲの周りには1人もいなかったと断言する。


そして、高3から浪人生となり、受験勉強も忙しい中で、徐々にクイーンに冷めていった。

年を取ってからのラジヲは、クイーンを最も熱心に聴いていた高2の頃を、しばしば思い出した。高1の頃はちょっとした「リア充」だったのだが、高2でつまずいた。「中2病」ならぬ「高2病」だった頃。なにもかもが上手く進まなかったあの頃、レコード盤で聴き続けたクイーン。『オペラ座の夜』や『ライヴ・キラーズ』『世界に捧ぐ（News Of The World）』——。

数十年後、映画『ボヘミアン・ラプソディ』が上映される映画館で思い出したのも、まさにその日々だ。あれから10年もしないあいだに、まさかフレディ・マーキュリーが亡くなるなんて、そして、それからさらに30年近く経《た》った今、まさかクイーンの映画が大ヒットするなんて。

映画『ボヘミアン・ラプソディ』からの帰宅を急ぐ、日比谷線六本木駅までの路上で、ラジヲは思い出す。『オペラ座の夜』のくすんだジャケットを手に、フレディ・マーキュリーの「1人3人分の輪唱」が響く、高2の頃のあの部屋の光景。

そしてラジヲはもう一度心の中でつぶやいた——「1983年、僕がどれほどクイーンを好きだったか、誰も知らない」。

6

フレディ・マーキュリーが亡くなってから、十数年経った2008年のある日。社会人になり、結婚もし、40歳を超えたラジヲに、突然ある疑問が湧《わ》いた。

「あのＦＭ大阪『ローリング・ポップス』のテーマ曲は、誰のなんという曲なのか？」

インターネットも完全に普及した２００８年だ。ＦＭ大阪もホームページを持っていて、「お問い合わせコーナー」が設置されている。いろいろと言われがちなネット社会だが、こういうところは、理屈抜きに素晴らしい。

「お問い合わせコーナー」の記入フォームに、質問を書いて送信ボタンを押す。

――ＦＭ大阪さま。大変つかぬことをおうかがいいたします。

古い話なので、答えていただけるのかやや不安ではあるのですが。１９８０年代中盤だと思いますが、ＦＭ大阪で『ローリング・ポップス』という番組がオンエアされておりました。おうかがいしたいのは、あの番組のテーマソングの曲名なのです。手がかりとしてはスリーコードのギターのインストだったということです。ベンチャーズぽかった感じがします。番組自体は、確かマーキー谷口氏がＤＪをやっておられた記憶があります。いわゆるオールディーズを流す番組で、当時高校生だった私に、洋楽ポップスへの扉を開いてくれたという、鮮烈な思い出がある番組です。夕暮れの自室で聴いたゾンビーズ《ふたりのシーズン》が忘れられません。よろしくお願いいたします。なにとぞ。

数日経って返信が返ってくる。繰り返すが、ネット社会は素晴らしい。

——お問合せありがとうございます。80年代半ば……まだまだラジオが青春の一頁に足跡を残せていた時代ですね。『ローリング・ポップス』は、84年には水曜日の17：30～17：55にオンエアされておりました。テーマ曲は《Shut Down PartII》。ベンチャーズではなくビーチボーイズのインスト曲でした。よろしくお願いいたします。

このメールを受信した瞬間、高校生だった頃のあの部屋の光景がぐっと浮かんできた。夕暮れに聴いたゾンビーズ、真夜中に聴いたレッド・ツェッペリン、そして心がつまずいていた高2の頃、何度も何度も聴いたクイーン。

そして次の瞬間、身体全体に響いてきたクイーンの曲は、意外にも、あの頃、半笑いで馬鹿にしていた《ラジオ・ガ・ガ》だった。あのメロディとサビのこの歌詞が、ぐっとこみ上げてきたのだ。

――♪ラジオ、誰かがずっと、君を愛しているよ

ラジヲはすぐに返信を書く。

――いやぁ、このような内容の質問で返信がもらえるとは思っていませんでした。ありがとうございます！　早速ＣＤを買います。そうでしたか、ビーチボーイズでしたか！　とても感謝します。

とフォームに書いて、送信ボタンを押そうとして、やっぱりもう一行加えることにした。

――追伸：今でもラジオは、誰かの青春の一頁に足跡を残せると思いますよ。

＊1 映画『ボヘミアン・ラプソディ』……2018年の大ヒット映画。多少の歴史改ざんも、音と映像の圧倒的クオリティで許される。この映画を機に「俺も当時クイーン・ファンだった」と若者に吹聴する50～60代が大量繁殖したが、その多くは、80年代前半当時のクイーンを半笑いしていたので要注意。

＊2 レンタルレコード店……別名「貸しレコード屋」。その名の通り、（主にLP）レコードを貸し出す商売。有名チェーン店として「黎紅堂」（れいこうどう）や、エイベックスの松浦勝人がアルバイトしていた「友&愛」（ゆう・あんど・あい）など。

＊3 テクニクス……旧・松下電器産業のオーディオブランド。現在でもターンテーブルのブランドとして有名。大手家電メーカーのオーディオブランドで懐かしいのは、東芝の「Aurex」、三菱電機「DIATONE」、シャープ「OPTONICA」、三洋電機「OTTO」など。

＊4 ソニーのBHF／マクセルのUD／TDKのAD……いわゆるノーマルタイプの普及型音楽用カセットテープ。音の違いは多少あったのだろうが、その違いなど、誰もほとんどわからなかった。

＊5 レスポール……ギブソンのエレキギターの人気モデル。ユーザー代表はレッド・ツェッペリンのジミー・ペイジ。

＊6 FM大阪……当時の関西における唯一の民放FM局。コールサインはJOBU-FM。思い出の番組をひとつだけ挙げるとすれば、アルバム1枚まるごとかける、平日18時からの『ビート・オン・プラザ』（DJ：田中正美）。

＊7 ローリング・ポップス……『ビート・オン・プラザ』と並ぶ思い出の番組。DJのマーキー（当時・マーキー谷口）氏は、大阪FM界で、現在でもバリバリ活躍中。

＊8 中古レコード屋……80年代のラジヲ（スージー鈴木）の青春と憩いと浪費の場。

＊9 ニュー・ロマンティック……ざっくり言うと、イギリスの美少年による耽美派ロック。デュラン・デュランのベーシスト＝ジョン・テイラーは大阪の府立高校の女子にも人気沸騰。

＊10 第二次ブリティッシュ・インベイジョン……80年代前半当時のイギリスの人気バンドによるアメリカ音楽市場への「侵略」。「第一次」は言うまでもなく、60年代のあの4人組らによるもの。

＊11 雑誌『MUSIC LIFE』……シンコーミュージック（現・シンコーミュージック・エンタテイメント）の音楽雑誌。『ロッキング・オン』派としては「ミーハーなライバル誌」。

＃3：早稲田のレベッカ（1986kHz）

A面

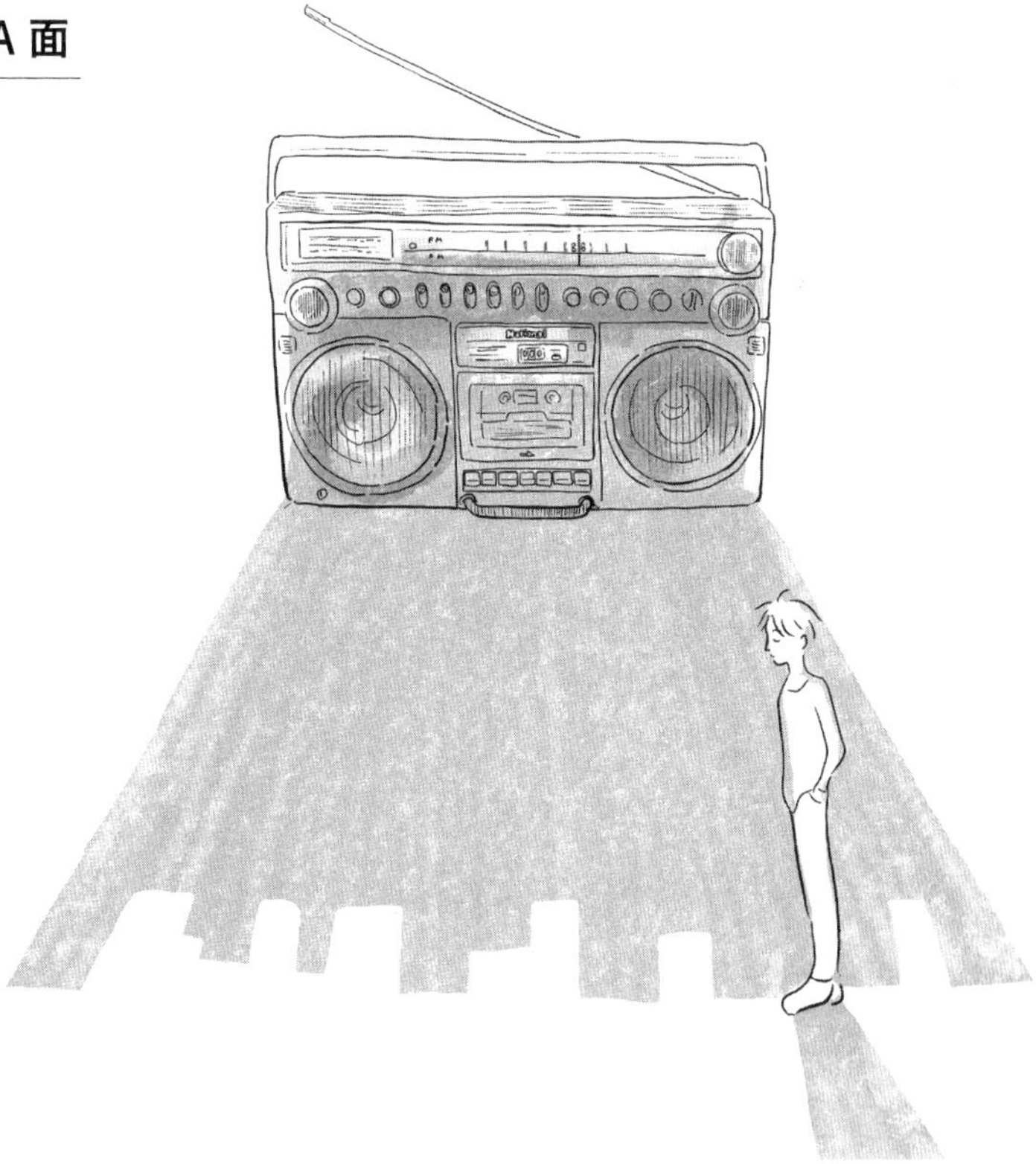

ラジヲの目の前で、突然、母親が泣き出した——。

1986年の春。ラジヲが卒業した大阪の府立高校の大きな教室。ラジヲは1年前に卒業し、浪人生活を経て、早稲田大学に入学が決まり、今この場にいる。この場とは、浪人を経て大学進学が決まった生徒とその親が集まる懇談《こんだん》会のような場だ。

「この歳になって、なんでこんな悲しい目に遭《あ》わなければいけないんでしょう」

周囲は半笑いだ。そりゃそうだ。なにも悲しいことなど起きていないのだから。むしろ息子の進学が無事決まった喜びを分かち合う場なのだから。

母親が泣き出した理由は、単に息子が上京し、離れ離れになるという一点においてである。大人気《おとなげ》ないと言えば大人気ない話だ。

「恥ずかしい。この場が早く終わってくれないか」と、ラジヲは下を向いて強く念じた。まだ19歳だったその頃のラジヲには、息子と離れ離れになるということだけで泣きたくなる母親の気持ちなど、わかる理由《わけ》もなかった。

ただし厳密に言えば、ラジヲが元々、関西の大学を目指していたという事実も、母親の突然の涙に影響を及ぼしていた。進学しても、まだしばらくは近くにいるはずだった息子を、突然東京に奪われるような感覚がもたらした涙――。

その年の２月に受験した早稲田大学政治経済学部の入学試験は、どうしたことか、とても調子が良かった。

受けたのは政治経済学部と第一文学部。受験の２日前から、川崎市溝ノ口の親戚の家に泊まり、前日には受験会場（早稲田大学の理工学部）の下見。その帰り道に、フジテレビ『笑っていいとも！』で有名な新宿スタジオアルタ[*1]まで「下見」しているのだから余裕である。

親戚の家に戻って、その夕方、いつもは神戸サンテレビ[*2]で見ている『ミュージック・トマト』[*3]という番組を、テレビ神奈川[*4]で見た。

「テレビ神奈川で見る『ミュージックトマト』は、やっぱり違うなぁ」というくだらない感想を、ラジヲは心の中でつぶやいた。このときに見た、スターシップ《セーラ（Sara）》のミュージックビデオは忘れられないものとなった。

政治経済学部の合格を知ったのは、京都のビジネスホテルだった。本命である関西の大学＝京都大学文学部の受験のために、京都で仕事をしていた父親とともに、そのビジネスホテルに泊まっていたときだ。

調子に乗った19歳は恐ろしい。

「京大も絶対受かる気がする」と勝手に思い込んだ。初めて見たユニットバスに驚き（使い方がわからなかった）、父親に連れられて美味しいものを食べ、そしてその帰り道に、景山民夫[*5]の『極楽ＴＶ』（JICC出版局）という本を買っている。またその夜、MAKOTO[*6]（北野誠）と春やすこが出ていた、関西テレビの深夜番組『本気ナイトパフォーマンス』[*7]を遅くまで見た。

翌日の受験。1日目の1時間目の1問目、国語の問題の冒頭で、いきなりつまずく。

――「てらい」を漢字で書け。

書けない。正解は「衒い」。

しかし、限られた時間の中、答えられない問題に拘泥《こうでい》してはいけないのが、受験の鉄則である。次にいく。

――では、「てらい」の意味を書け。

書けない。正解は「ひけらかすこと」。

スターシップの《セーラ》を見てから、昇り調子できていた感覚が、がっくりと落ち込んだ。そして、冒頭でつまずいた国語だけでなく、その後の数学も英語も、調子はちっとも戻ってこなかった。19歳とはしょせん、そんなものだろう。

泣きそうになった。

スターシップ《セーラ》のMVのエンディングが、砂漠の中の家が竜巻で吹き飛ばされるという悲惨なものであったことを、心に留めておくべきだったのだろう。

京都大学に落ちた。それどころか、早稲田大学の第一文学部も落ちた。そう言えば、第一文学部の受験でもラジヲは、小論文の問題に苦労していたのだ。

政治経済学部の合格は、電子郵便のようなもので知ったのだが、第一文学部の結果は、早稲田大学の掲示板で見ている。まだ京都大学の結果が出る前だったが、本命の受験も終わったということで、半分は遊びの気分で、東京に行ってみようと思ったのだ。

大垣発東京行きの夜行列車で東京に向かう。高田馬場に向かうために、東京駅ではなく、その手前の品川駅で降りる。1986年春、当時の品川駅は、今と異なり、まったく冴《さ》えない古ぼけた駅だった。港南《こうなん》口と高輪《たかなわ》口をつなぐ地下道も、ラジヲにとっては、[*8]大阪球場や日生球場の廊下のようなイメージに映った。

まだ肌寒い早朝の品川駅、早朝のコンコースで、突然聴こえてきた。

――♪タトタトタトタ　トンタタッター　タトタトタトタ　トンタタッター　フーウー

フーウー……

少し前、1月26日に発売された、渡辺美里《My Revolution》である。小室哲哉作曲、大村雅朗編曲による、デジタルなのにセンチメンタルな、あの傑作イントロだ。

――♪さよなら Sweet Pain 頬づえついていた夜は 昨日で終わるよ

どこからどう切り取っても新しい。日本が歴史上最もキラキラしていた時代＝「１９８０年代後半」という時代のイントロのようなサウンドが、早朝の品川駅のコンコースに響き渡る。

そしてラジヲは、勝手に確信したのである——「あ、俺は東京で暮らすんだ」と。

予感は的中した。その日、突き抜けるような春の空の下、第一文学部の掲示板にラジヲの受験番号はなく、京都大学文学部の掲示板にも、ラジヲの番号はなかった。

このとき決まったのだ。ラジヲが、１９８０年代後半のキラキラした東京へ向かうことと、親子懇談会で母親が突然泣き出すことが——。

2

とてもありふれた話になるが、東京という街は、19歳の少年を萎縮《いしゅく》させるのには十分である。その少年が、仮に大阪出身だったとしても、結論が変わることはない。

「東京人は笑わない」——それが、ラジヲが抱いた「東京人」の印象である。

ここでラジヲは、初歩的な間違いをしている。一般教養の授業で席を並べるクラスメイトや、いくつか覗《のぞ》き見したサークルのメンバー、早稲田大学の3号館で行き交う人々を全員「東京人」だと思い込んでいたのだ。実際のところは、ラジヲと同じ、地方からの下宿生も多かったにもかかわらず。

それはともかく、ラジヲが見たところ、そんな「東京人」が一様に無表情なのだ。

笑わない、怒らない、そしてもちろん泣かない。むしろ無表情であることが、スマートでソフィスティケイトされた証《あかし》と信じているかのように。

「あの大阪の街中《まちなか》の高校で過ごした、喜怒哀楽《きどあいらく》に満ちた大騒ぎの高校生活はなんだったのだろう？」と、ラジヲは何度も何度も、自分に問いかけた。

そういう思いを抱えながら、寄り道もせず、下宿に帰る。ラジヲの人生の中で、ラジオをいちばん聴いたのはこの時期だ。なぜなら上京当初は、部屋にテレビがなかったからだ。

ヒット曲はすべてラジオで知った。吉川晃司《MODERN TIME》、斉藤由貴《悲しみよこんにちは》、少年隊《デカメロン伝説》——。

それどころか、上京後すぐの4月8日に起きた岡田有希子[*9]の自殺も、文化放送の『吉田照美のてるてるワイド』[*10]で知った。ラジヲにとってラジオは、「東京人」の無表情に閉ざされた社会の、向こう側に突き抜ける窓だった。

その頃、レベッカというバンドのヒット曲が、よくラジオから聴こえてきた。

すでにその前年、レベッカは《フレンズ》という曲をヒットさせていたらしい。「らしい」というのは、人並みの浪人生として受験勉強にいそしんでいたラジヲには、サザンオールスターズ《メロディ（Melody）》以外の音楽は、聴こえてこなかったからだ。

だから、受験勉強から解放されたとき、「レベッカ」「BOØWY」「とんねるず」「おニャン子クラブ」などのヒット曲が、一気に耳に押し寄せたのだ。品川駅で聴いた渡辺美里も、実はほとんど知らなかった。

しかしラジヲは当初、レベッカや渡辺美里を認めていなかった。いや、実際は「認めてはいけない」と思っていた。「あれはロックじゃないから」

「ロックか、ロックじゃないか」――今となっては笑い話となるが、当時の音楽少年にとっての評価軸として、それはとても切実なものだった。一種の踏み絵のように。

そして、ラジヲなりの評価算定結果として、レベッカや渡辺美里は「ロックじゃない」と結論付けられたのだ。なぜならば、音楽は「ロック」っぽいけれど、顔がアイドルみたいに可愛いじゃないか。可愛い女の子は「ロック」じゃないんだよ。

1980年代の中盤あたりは、「ロック」と「アイドル」が、まだまだ二項対立で認識されていた時代である。ラジヲ自身の評価軸も、そういう杓子定規《しゃくしじょうぎ》なものの見方に倣《なら》っていた。逆に言えば、レベッカや渡辺美里は、「ロック」と「アイドル」の中間にある、新しい「中間市場」を作り上げたことになる。

「こんなものはロックじゃない」と、レベッカに対して意固地《いこじ》になるほどに、レベッカの音楽は、次から次へと、下宿にあった、大阪の実家から持ち込んだナショナルの大きなラジカセから流れ出てくる。さらに5月になればニューシングル《RASPBERRY DREAM》がリリースされた。それでもラジヲは——「こんなものはロックじゃない」。

そんな、カギカッコ付きの「ロック」を語れる仲間を探さなければいけないと、ラジヲは思い始めた。無表情な「東京人」の学生の中にも、喜怒哀楽激しく「ロック」を語れる奴らがいるはずだ、必ず。

５月の終わりくらいのこと。学内のチラシで知った情報から、「ロックサークル」を訪ねることにした。なんでも、バンドが集まったサークルではなく、「ロック」を聴いて品評する仲間が集まるサークルなのだという。

学生会館の２階のベンチが、そのサークルの本拠地だった。部室ではない。喫茶店でも、学生食堂の片隅でもない。学生会館の普通の廊下にある普通のベンチである。

足を運ぶと、時代遅れの長髪、荒々しい無精ヒゲ、絵に描いたように「ロック」な学生が３人ほどいた。

「チラシを見て来ました。政経学部1年の鈴木です」

「ふーん、どんな音楽が好きなの？」

「これは一種の面接だろう」と、ラジヲは思った。そして「ここで出すアーティスト名、アルバム名を間違えれば、このサークルに入れないかもしれない」とも。

「ただこの連中には、嘘が通用しなさそうな感じもする」――とそのとき、高田馬場駅前の中古レコード屋「タイム」で昨日、ピンク・フロイドの『アニマルズ』というアルバムを買ったことを。とっさに思い出した。

「ピンク・フロイドとか……」

「へぇ、若いのに感心だ。最近の若い子は、プログレ聴かないからダメなんだよね」

面接には合格したようだ。火曜日と木曜日、このサークルは、このベンチに集まって、「ロック」について雑談しているのだという。ラジヲは、その日の雑談に1時間ほど参加して（話を聞くばかりだったが）、帰宅した。しかし、やはりなにかが違うという気になり、二度とそのベンチに行くことはなかった。

「今さらの長髪と無精ヒゲの男たち。あのむさい男たちと4年間の青春を過ごす？　それは違うだろう？」――ラジヲは正直、そう思ったのだ。

その頃ラジヲは、早大正門から渋谷駅に向かう都バスに乗ったことがあった。フジテレビがあった河田町から、外苑東通りへ、そして四谷三丁目を右折し、四谷四丁目を左折、外苑西通りを通るルートを進んでいくバスだ。

　バスの窓越しに見える四谷四丁目の角に、見覚えのあるビルがあった。写真週刊誌で見た[*11]サンミュージックのビルだ。ということはあの角は、岡田有希子が飛び降りたあの――。

　じっと目を凝らしてみると、岡田有希子のファンのような男性が数人、その角に佇《たたず》んでいた。しかし彼らは一様に無表情だった。バスは四谷四丁目の角を右折した。サンミュージックのビルは、ずーっと後ろに離れていく。ラジヲは思った。

「東京人は泣かない」

3

　夏休みは、1カ月近くの長い間、大阪に帰省することにした。高校時代、浪人時代の仲間が、温かく迎え入れてくれた。仲間内で、東京の大学に行った者が珍しかったこともあり、東京についていろいろと聞かれた。

「無表情な東京人」について気後れしていることを隠しながら、ラジヲは、東京の毎日のあれこれをさも楽しそうに、標準語のアクセントが混じった話し方で答える毎日だった。

「拾う」は「ひらう」ではなく「ひろう」だ。「直す」は「片付ける」という意味では使わない。「片す」と言うとなおいい。「(横浜)新道」は「しんみち」ではなく「しんどう」だ。

そんなある日、高校時代の1年先輩の人と、日本橋《にっぽんばし》の大型家電店に足を運んだ。大阪の日本橋とは、東京における秋葉原のようなところで、日本橋の家電店のオーディオ・ビジュアル売場は、当時の大阪の男の子にとっては、絶好の暇つぶし場所だったのだ。

そこで、聴き慣れたボーカルが聴こえてきた。金属的な女性ボーカルが、下宿のラジカセとは桁《けた》違いの、大きなスピーカーから流れてきた。


――♪口づけをかわした日は　ママの顔さえも見れなかった

レベッカだ。レベッカのNOKKOだ。レベッカのNOKKOが歌う《フレンズ》だ。レベッカのライブ映像が、大型テレビに映し出されているのだ。ラジヲが「動くレベッカ」をまじまじと見たのは、このときが初めてだった。

「この子、息苦しそうに歌うなぁ。まるで今にも死にそうやな」

クラシック好きで、ヒット曲など眼中にない先輩は、変わった生き物を見るかのように、マドンナのような出で立ちで叫び・踊る、ブラウン管の中のNOKKOを見た。

「でもねぇ、こんなのは、ロックじゃないですよ」

高校時代からロック好き、ヒット曲好きで知られていたラジヲは、そう訳知り顔で返すのだった。でも、過剰にエモーショナルな歌い方をするNOKKOが、笑わない、泣かない、無表情な東京人の対極にいるのではないかと、少しずつ感じ始めていた。

そして、1986年の秋のあの日が、東京に、早稲田に、ラジヲにやってくる。

4

「早稲田祭」とは、早稲田大学の学園祭のこと。その一大イベントを前に、キャンパスは少しずつ活気付いてくるのだが、野球の早慶戦の大騒ぎ同様、ラジヲはまるで、その波に乗れなかった。

模擬《もぎ》店を催すわけでもなく、行きたいイベントがあるわけでもなく、まして模擬店やイベントの運営者に知り合いがいるわけでもない。だから別に行かなくてもいいやと思っていた。

ただ、友人で、埼玉の県立高校出身のカワベが、「早稲田祭に行かないと早稲田に入った意味がない」とまで言うので、しぶしぶ了解して、一緒に足を運ぶことにした。

1986年11月1日土曜日。この日が後々、一部のロックファンのあいだで語り継がれる日になることは、ラジヲもカワベもまだ知らない。

東京は朝から曇り空だった。カワベと一緒に、キャンパスの中をくまなく回ったが、なにも面白いものなどない。模擬店は高校生レベルだし、いくつかあったライブも、「耳が肥えている」と自分で思っているラジヲを惹き付けるものはなかった。

夕方になった。小雨も降ってきた。ラジヲは「もう帰りたい」と思った。サイモン&ガーファンクル《早く家に帰りたい（Homeward Bound）》を心の中で歌った。

「文学部前の広場に、誰か有名なロックバンドが来るらしいよ。もう、大きなステージが作られてるって」

カワベが誘ってきた。カワベには、そういうのにえらく盛り上がるミーハーなところがある。またしぶしぶ了解した。そして、文学部キャンパスの向かい側にある、穴八幡宮の方から、遠巻きに眺めることにした。

しばらくして、そのバンドはやってきた――。

レベッカだ。

ラジヲにとっては、これが東京に来て、初めて見るプロのライブになる。小雨は降っていたが、傘を閉じた。そして、カワベと一緒に、ステージの方に向かった。

＃１《RASPBERRY DREAM》
＃２《LONDON BOY》
＃３《LONELY BUTTERFLY》
＃４《LOVE PASSION》
＃５《フリーウェイ・シンフォニー》
＃６《PRIVATE HEROINE》

後に発売された、このときの模様を収録したＤＶＤによれば、この日のセットリストは、この6曲だったらしい。しかし「ロックじゃない」と、レベッカを低く見積もっていたラジヲには、曲名などわからなかった。

そして何より、ひどく興奮していたのである。

「無表情な東京人」の中に溺れそうになっていたラジヲを、NOKKOのエモーショナルなボーカルが救い出した。

気が付いたら、ラジヲは、周囲の学生同様に、当時のライブ客の定番だった、リズムに合わせて、こぶしを上に高く振り上げる動きをしていた。

1986年11月1日土曜日。この日が後々、一部のロックファンのあいだで語り継がれることとなったのは、最後の曲＝《PRIVATE HEROINE》が、数十年後、ネットで拡散され、静かな話題となったからである。

ネット映像を今見れば、小雨の中、タイトな演奏をバックに絶叫するNOKKOのボーカルは、掛け値なしに素晴らしい。それはもう、ロックか／ロックじゃないか、歌が上手いか／下手かという次元を超えている。そのNOKKOは、人間ではない、歌に取り憑《つ》かれた新しい生き物＝「歌の獣」という感じさえする。

しかしそのときのラジヲには、冷静な批評眼などなかった。目の前のNOKKOも、NOKKOに喚起《かんき》された自分の衝動も、冷静に捉えることなど出来なかった。

――♪Tonight なきがおはプライベイト　ジェラシーのラストダンス

あまりにパワフルで、あまりにエモーショナルなその歌声を聴いて、ラジヲは、初めのうちは、心から楽しく、小雨も気持ちよく、面倒くさい東京のあれやこれやから、ぽーんと解放されたように、途方もなく晴れやかな気持ちになった。

そして曲の後半、NOKKOの、獣の遠吠えのような、終わることのないシャウトを耳にして、なぜだか泣けてきた。涙が溢《あふ》れて止まらない。

生まれてこのかた、歌で泣いたのなんて初めてだ。

半年前、みんなの前で、母親が泣いた。そして今、みんなの中で、ラジヲが泣いている。

NOKKOは歌い続ける。

――♪Tonight なきがおはプライベイト

涙が頬を伝う。その涙が雨と交わってビショビショになる。よくしたものだ。頬を濡らす涙と雨を一気に拭き取れば、カワベにも周りにも、バレることはないだろう。

そして、泣きながら、こぶしを振り上げながら、ラジヲは心でつぶやいた。

「東京人は泣かない。泣かない――」

＊1 **新宿スタジオアルタ**……新宿東口のランドマーク。個人的には『笑っていいとも！』の前番組＝『笑ってる場合ですよ！』のイメージが強い。
＊2 **神戸サンテレビ**……阪神タイガース戦の中継で有名な神戸のテレビ局。
＊3 **『ミュージックトマト』**……テレビ神奈川制作、洋楽のMV（当時「PV」）を流す音楽番組。通称「ミュートマ」。その邦楽版は『ミュージックトマトJAPAN』（この文字列をマイケル富岡が叫ぶさまを想像されたい）。
＊4 **テレビ神奈川**……当時の非関東民にとっては「音楽に強いおしゃれなテレビ局」というイメージ。関東民にとっては、それほどでもなかったようだが。
＊5 **景山民夫『極楽TV』**……萩本欽一から盟友・高平哲郎までに対して、放送作家時代の景山民夫が、歯に衣着せず吠えまくる名著。雑誌『宝島』の連載をまとめたもの。後に新潮文庫でも発売された。
＊6 **MAKOTO（北野誠）／春やすこ**……当時の松竹芸能における数少ない若者向けタレント。
＊7 **本気ナイトパフォーマンス**……細かい番組内容は思い出せないが、少なくとも受験の前日に見るような番組ではなかったはず。
＊8 **大阪球場や日生球場の廊下**……要するに戦後を感じさせる古ぼけた建物。当時の関西の球場はそういうイメージだった。
＊9 **岡田有希子**……日本テレビ『スター誕生！』出身の女性アイドル歌手。86年4月8日に四谷四丁目のサンミュージックのビルから飛び降り自殺。
＊10 **『吉田照美のてるてるワイド』**……文化放送の当時の人気ラジオ番組。84年からのニッポン放送『三宅裕司のヤングパラダイス』がそれに立ち向かう。86年当時の正式タイトルは『新てるてるワイド 吉田照美のふッかいあな』。
＊11 **サンミュージック**……芸能事務所の名前。桜田淳子、松田聖子、早見優、酒井法子などが所属していた。

＃4：川崎溝ノ口の
ロッキング・オン（1988kHz）

A面

1

1983年の秋のこと。大阪市内の府立高校に通っていた高校2年生のラジヲが、日頃めったに立ち寄ることのない学校の図書室の中、ある本を無心で読んでいる。時の経つのを忘れて、「もうすぐ閉まりますよ」と、図書室の職員に声をかけられるまで、その本の世界にどっぷりとハマっている。

その本の表紙にはこう書かれていた――「NHK音楽シリーズ4　[*1]ロックミュージック進化論　渋谷陽一著」。

そして、その文字の下には、アルバムジャケットが4つ。レッド・ツェッペリン『Ⅳ』、セックス・ピストルズ『勝手にしやがれ‼』、ドアーズ『まぼろしの世界』、キング・クリムゾン『クリムゾン・キングの宮殿』。

この本の発売は1980年。当時弱冠28歳の渋谷陽一は、「はじめに」から飛ばしている。

――ロックにおける歴史的必然、そんなものが明らかに出来れば、現在の多様化したロック・シーンも多少整理して把《とら》える事ができるのではないか、この本を書く動機はそうしたものであった。

ロック好きのラジヲは、ロックについて書かれている文章を人並み以上に読んできた。しかし、その多くは、情緒的で軽薄な文章で書かれているものであり、これほどまでに硬くいかめしい文体で書かれていたものは初めてだった。

本棚からこの本を取り出し、胸をときめかせながら、夕焼けの秋の陽が差し込む図書室の窓側の席に座る。そろそろと目次を見る。そして、さらに胸が高まる。

・最初にビートルズから（1）〜まずその個人的追憶と怨念
・ビートルズ（2）〜60年代の欠落部分を反映するヒーロー
・ビートルズ（3）〜終わってしまった夢　ジョン・レノンについて
・ブルース・ロック〜永遠の恋人、黒人音楽を追い求める
・スーパー・セッションという名の神話
・サイケデリック・ミュージック〜ウエスト・コーストの文化を変えた
・六〇年代のロック　死んでいったミュージシャン
・ハードロック〜その役割と見きわめなければならない限界

・グランド・ファンク〜後楽園球場と新宿の夏
・レッド・ツェッペリン〜新しい科学としての音楽と黒魔術
・プログレッシヴ・ロック〜否定性の彼方へ向かうもの
・グラム・ロック〜その虚構性とは
・ロックの今〜さまざまなグループをめぐって
・パンク・ロック〜それはロックの終末宣言か
・対談　ロックの未来とは　八〇年代に向けて

この目次にあるように、この本は言わば、1970年代までのロックの通史本なのだ。そして、その通史を、単なる楽曲・アルバム紹介ではなく、「ロックにおける歴史的必然」があるという前提で、つとめて論理的・分析的に書こうと試みられている。

ただしラジヲにとって正直、その論理性が魅力だったわけではない。こちらは弱冠17歳、「ロックにおける歴史的必然」など、まだよくわかっていないラジヲには、論理性のヴェールを剥《は》いだ中にある、渋谷陽一の攻撃的な筆致《ひっち》にやられてしまったのだ。

「プログレッシヴ・ロック〜否定性の彼方へ向かうもの」「パンク・ロック〜それはロックの終末宣言か」。この言い回し、この渋谷陽一節。

この時期のラジヲは、ジャーナリスト・本多勝一[*2]の本にもハマっていた。こちらも、当時の日本中の高校生を魅了するような、攻撃的な言い回しが魅力だった。例えば『しゃがむ姿勢はカッコ悪いか？』（朝日文庫）など。

要するに渋谷陽一、本多勝一、そして山田太一[*3]脚本の台詞などは、高校2年生のラジヲにとって「ロックンロール」だったのだ。そして、彼らの言葉を読みながら・聞きながら、自分の名前にも「一」を付けたいと思ったりしていた。

『ロックミュージック進化論』を一気読みした後、この本は今晩、もう一度読まなければと思い、図書室で借りることにした。そして、もう一度、もう一度と思い続け、結局この本は、図書室に返されることはなく、色褪《あ》せたかたちで、生涯ラジヲの手元に残っていた。

2

「渋谷陽一ショック」は段階的にやって来る。その衝撃の第一波が、先に書いた1983年の秋、『ロックミュージック進化論』との図書室での出会い。

第二波は浪人時代、ラジヲが予備校の帰り道に買った、渋谷陽一が編集長を務める雑誌＝『ロッキング・オン』の85年7月号。ペイズリー柄のスーツに身を包んだ、当時大人気のプリンスが表紙を飾るこの号の中にある「どうしてバンドエイドとUSA・フォー・アフリカは駄目なのか」という記事に、またノックダウンされたのだ。

予備校帰りの晴れた平日の午後。東大阪・布施の「ヒバリヤ書店」でこの号を買い、自宅に向かう近鉄バスの中でページを開き、その記事が載っている38ページで手が止まる。

――「ウィー・アー・ザ・ワールド」を歌うほとんど盲目的に自らの善意を信じこんだミュージシャンたちの、確信に満ちた表情を見て暗澹《あんたん》たる気分になるのは僕だけなのだろうか。

と開始早々攻撃的である。さらに中間部では、

――エチオピアの飢餓を、かわいそうという情緒レベルで認識し、金を送ったところで何の解決にもならないのを僕らは十分に知っているはずだ。「ウィー・アー・ザ・ワールド、ウィー・アー・ザ・チルドレン」と脳天気な事を歌って情緒的に盛り上がったところで何ん（原文ママ）にもならない。そんな道徳的な正義があると思いこんで自らの善意に酔ってしまう事は、むしろ現状を肯定し、本来の出発点さえ見失わせてしまうのである。

と、いよいよ手厳しい。そして記事の締めで、さらに大胆に蹴り飛ばす。

――誰もが了解できる正義によって、どうにかなるものならば、二千年も前からこの世界はとっくにどうにかなっているはずである。

先に、渋谷陽一の文章について「攻撃的」という形容を用いたが、当時のラジヲが受けた印象をもう少し具体的に表せば「挑発的」という言葉にも近かった。

「俺はこう思うんだ。ラジヲ、お前はどうなんだ？」

と、渋谷陽一に凄まれながら、切っ先鋭い短刀を突き付けられている感覚を、ラジヲはバスの中で感じていたのだ。

確かに《ウィー・アー・ザ・ワールド》には、それほどのめり込まなかったが（ただし「アメリカのボーカリストが本気を出したときの歌唱力は異常だ」ということは確認した）、バンドエイド《ドゥー・ゼイ・ノウ・イッツ・クリスマス》は好んで聴いていたラジヲは、その短刀に身構えた。

そして、短刀から逃げるようにして、自宅近くのバス停に降り立った瞬間、ラジヲはこう心に決めた――「大学に行ったら、いつかどこかで、自分の音楽への思いを表現しなければ」

3

次の第三波は最も高い波で、ラジヲにとって決定的なものだった。その波を受けた場所は、大阪ではなく東京。

1年の浪人生活を経て、早稲田大学に入学したラジヲは、入学してすぐ、大学生協の書店で、渋谷陽一の本を買い求めた。[*4]『音楽が終わった後に』と『ロック微分法』の2冊。

雑誌『ロッキング・オン』を創刊した1970年代初頭から80年代前半までの渋谷陽一節を、ラジヲはこの2冊から全身に浴びた。そう「浴びた」という感覚に近い。

文系の大学1年だ。時間と不安はたっぷりある。川崎溝ノ口の下宿、ドアも窓も閉め切って、ビートルズやレッド・ツェッペリン、はっぴいえんどのLPレコードをかけながら、『音楽が終わった後に』と『ロック微分法』を何度も何度も読む。

荒削《あらけず》りな「挑発性」は、特に『音楽が終わった後に』の方に強かった。そして、その『音楽が終わった後に』の中でラジヲは、やや大げさに言えば、自身の人生にとっての決定的なフレーズに出会う。

そのフレーズを見つけたのは、雑誌『ロッキング・オン』が（ある程度）ビジネスベースに乗るまでの経緯を、赤裸々に、かつ怒りを込めて書き尽くした「メディアとしてのロックンロール」という、全5回の記事の最終章。

――我々がコミュニケートしなければならないのは、きっとどこかに居るであろう自分のことをわかってくれる素敵な貴方ではなく、目の前に居るひとつも話の通じない最悪のその人なのである。

このフレーズは強烈で、ラジヲにとって座右《ざゆう》の銘《めい》のような言葉であり続けた。書かれているのは、雑誌『ロッキング・オン』は開かれたメディアでありたいということであり、要するに、音楽評論家&ロッキング・オン社長としての野望だ。

この言葉はまさに決定的だった。そしてラジヲは「書きたい」と強く思った。「目の前に居るひとつも話の通じない最悪のその人」にも伝わる文章を。

当時好んで聴いていた曲のひとつに、佐野元春のラジオ番組で知ったザ・シェイクスというバンドの《R.O.C.K. TRAIN》がある。

——♪ROCK TRAINに乗る前は　まるで死んでる男だった　欲しいものが何かも分からず　言いたい事も言えなかった

それは、ロックを聴きながら悶々《もんもん》としていた当時のラジヲそのものだ。歌は続く。

——♪そんな俺の耳もとに飛び込んできたRock'n Roll　そいつは俺にこう言った

〝次はお前　お前がやるんだ〟

大学1年生、19歳のラジヲの耳元に飛び込んできたザ・シェイクス《R.O.C.K. TRAIN》。こういう時期に聴いたこういう曲は、一生忘れない。

そしておびただしい数のロックを聴き、たまに原稿を書いて『ロッキング・オン』に投稿しても採用されず、それでも「次はお前　お前がやるんだ」という短刀を突き付けられながら、ロックに向かい続ける生活が始まった。

4

「それ、僕が書きます」

と言ってしまってから、「おいおい、俺、書けるのか？」と不安が高まった。

１９８８年の夏、大学3年生になったラジヲは、ＦＭ東京（現 TOKYO FM）の深夜番組『東京ラジカルミステリーナイト』[*5]の制作を手伝っている（手伝うまでの経緯は次章に譲る）。

今は、その制作会議の真っ最中。その番組の中で近々放送される山下達郎と桑田佳祐の対談の宣伝記事を誰か書いてくれないかと、プロデューサーが聞いてきたのに対して、ラジヲが立候補したのである。

1988年だから、山下達郎は35歳、桑田佳祐32歳。その2人による和気あいあいとした対談の様子をスタジオの隅から見つめ、同録のカセットテープを大切そうに握りしめながら、溝ノ口の下宿に帰宅。原稿用紙を広げて、短い文章を一気に書き上げた。

そして、その原稿が、『東京ラジカルミステリーナイト』の番組宣伝用リーフレット＝『ラジカル文庫』に無事掲載されたのだ。

ラジヲの初原稿。ラジヲの初印刷物。下宿のベッドに入って、嬉しくて何度も読んだ。

『ラジカル文庫』は、ラジオ番組の宣伝にしては力が入っていて、いとうせいこうや藤原ヒロシ、まだ知名度の低かったナンシー関らが執筆した冊子型のリーフレットで、渋谷や青山近辺の若者向け雑貨店や古着屋に配布されていた。

そして、いとうせいこうら執筆陣の合間を縫って、ラジヲのような大学生が、文字を埋めていた。もちろん、大学生たちには原稿料などない。

ラジヲの記事はほんの少しだけ評判となり、「音楽に一家言《いっかげん》ある大学生」としてプロデューサーの目に止まり、その『ラジカル文庫』の中で音楽評論の連載を持つことが決まった。連載のタイトルは、渋谷陽一を十分に意識した「アンチテーゼ音楽館」という、気恥ずかしいもの。

文系大学生3年の冬。当時の就職面接などは、大学4年の夏からと協定で決められていた。だから時間は、1年生のときより、さらにたっぷりとある。むしろ「時間だけしかない頃」だと言っていい。

溝ノ口の下宿のこたつに入って、徹底的に書く。渋谷陽一を意識しながら、徹底的に推敲する。何度も書いて、何度も書き換える。原稿の書き方や作法を知らない分、文章の中の一文字一文字に、八方破《はっぽうやぶ》れのエネルギーが宿る。そして、連載の第3回で、早くも手応え十分の記事が完成する。

5

アンチテーゼ音楽館・第3回「邦楽チルドレンとボーカル・スタイル」（『ラジカル文庫』―1989年2月号）

思えば日本のロックボーカリスト史（?）は、日本語を歪めていく過程であった。大滝詠一、矢沢永吉、桑田佳祐、佐野元春らが、一つの音符に言葉を詰め込んだり、カ行やタ行の発音を強めたり、また歌詞に英語を導入したりして、少しでも洋楽の雰囲気をだそうと努力してきた歴史なのである。

で、なぜ彼らがそこまでして洋楽に近付きたかったかというと、それは勿論、彼らが感動し、触発された音楽が洋楽であったからだ。リトル・フィートが好きだった桑田佳祐はローウェル・ジョージの歌い方を日本語でやってみた。『SOMEDAY』の佐野元春の歌い方（曲調）はもろスプリングスティーンである。今の若いロッカーたちだって、基本的にはほとんどが邦楽より洋楽に強い影響を受けているはずだ。だからこそ、言葉を歪めた歌い方や、英語のフレーズが未だに残っているのである。

しかし、今の邦楽ロックの聞き手の主な層である中高生は、20代（特に後半）とは比べものにならないほど、洋楽を体験していない。というよりも彼らにとっては、気がつけば邦楽ロックがそばにあったという感覚だろう。そうなればわざわざ洋楽なんて聴こうとは思わないはずだ。たとえ歌詞に英語のフレーズがあったとしても、とりあえずは意味の分かる日本語をビートに乗せてくれるロックが身近にあるのだから。

このようにして育ってきた彼らのセンスは、未だに洋楽志向のミュージシャンたちのセンスとはかけ離れてきている。「邦楽チルドレン」がより増えるであろう90年代以降は「洋楽的カッコよさ」はもっと聞き手に通じなくなっていくはずだ。

とすれば、例えばブルーハーツの方法論などがこれから主流になっていくのではないか？ほぼ日本語のみの歌詞を、意味が分かるように歌い上げるヒロトのボーカルは、今の、そしてこれからの邦楽ロックの聞き手のニーズに非常にあっていると思う。

私などは「基本的に邦楽ロックで育ってきたが、少しは洋楽も聴いてきた」世代に属すると思うのだが、その私でも必要以上に言葉を歪めた歌い方や、いきなりサビで意味の分からない英語になってしまう歌詞には強い嫌悪感を憶えはじめている。歌っている本人が洋楽に憧れてきたことなんて、私（たち）には関係のないことだ。

求めているのは、いきいきとした日本語のメッセージなのだ。だから言いきってしまおう。ブルーハーツに比べると、桑田や元春が生み出したボーカル・スタイルは古い。完全に古いのである、と。

勿論、ロックが海の向こうで生まれたものである限り、邦楽ロックにとって洋楽は「前提」である。しかし「前提」は「結論」ではない。前提を簡単にくつがえしてしまうのも、ロックの持つ魅力じゃなかったか？

6

当時のラジヲにとっての会心作。後のラジヲが読み直しても、優れた原稿だと思えるものだった。１人でも多くの人に読んでほしいと思った。知り合いの音楽業界関係者だけでなく、当時『[*6]オールナイトニッポン』の金曜１部を担当していた[*7]鴻上尚史にも送った。この原稿の内容などわかるはずのない大阪の父親にも送った。

極めつけは、当時ＦＭ東京で『[*8]日立ミュージック＆ミュージック』という番組を担当していた渋谷陽一に、その『ラジカル文庫』を手渡したことである。

番組が始まる前、最上階のスタジオに向かう廊下に、生・渋谷陽一が立っていた。何かの資料を読んでいた。

初めて生で見た渋谷陽一は、強烈なオーラを発していた――わけではなかった。見る限り、普通の中年、もしくはビジネスマンという感じ。本人の関心が、評論家から社長業の方に移行していたことも、関係していたのかもしれない。

しかし、さすがに本物の、生の渋谷陽一に近付いていくのには勇気が必要だった。

生・渋谷陽一に、一歩近付いていく。

生・ロッキング・オンに、一歩近付いていく。

生・「我々がコミュニケートしなければならないのは、きっとどこかに居るであろう自分のことをわかってくれる素敵な貴方ではなく……」の前まで、いよいよ近付いていく。

そして、意を決して渋谷陽一に『ラジカル文庫』を手渡し、持参した『音楽が終わった後に』にサインを求めた。さらに、さらさらとサインを書く憧れの人にラジヲは、後先考えず「僕は、音楽評論家になりたいんです」と口走ってしまったのだ。

それに対する渋谷陽一の言葉は、例の「我々がコミュニケートしなければならないのは～」とは別の意味で、ラジヲの人生に対して決定的なものだった。

——「音楽評論家なんてエンガチョな商売ですよ」

「エンガチョかぁ。エンガチョ……」

関西人にあまりなじみのない「エンガチョ」という言葉が、それからしばらく、ラジヲの頭を駆け回り続けた。

7

『東京ラジカルミステリーナイト』は1989年の3月に終了。もちろん『ラジカル文庫』も廃刊となり、ラジヲが音楽について書ける場所は一切なくなった。

それでも、会心の文章を書き上げたときのあの快感は忘れ難く、知り合いから、小さな原稿仕事をもらうのだが、田中康夫や泉麻人を頂点とするライター界の底辺の底辺に落ちてくる仕事は、筋が悪かった。

それからもラジヲは、音楽評やテレビ評などをいくつか書いたのだが、あまりにもな仕打ちを何度か受けたのだ。

いつのまにか無署名に変わっている。ひどいときには、別のライターの名前に変わっている。原稿が勝手に改ざんされている。渋谷陽一風文体が、いつのまにか「(笑)」がふんだんに埋め込まれた軽薄文体に変えられている、あげくの果てギャラが支払われない、などなど。

さらにラジヲを追い詰めたのは、「音楽評論」というジャンルの消滅である。実は90年代に入って、CDの普及とともに、音楽市場は爆発的な成長を遂げるのだが、それに反比例して、渋谷陽一的な硬派な「音楽評論」は衰退、人気ミュージシャンに寄生したような提灯《ちょうちん》記事ばかりが溢れるようになったのだ（そして、その状況はラジヲが生きている限り続いた）。

「音楽評論家なんてエンガチョな商売ですよ」という渋谷陽一の言葉は、冗談ではなく、実に示唆《しさ》的だったわけだ。

そうしてラジヲは、日々の忙しさにかまけて、音楽評論への意志や渋谷陽一への思いなど、どこかに忘れてしまうようになった。

「目の前に居るひとつも話の通じない最悪のその人」とのコミュニケーション？　そんなこと、面倒くさくってかなわんよ。

8

それから20年くらい経ったある春の日。教室がぐらっと揺れた。

2011年3月11日、午後2時46分。ラジヲは非常勤講師を務めている大阪芸術大学の教室にいた。「東日本大震災」は、大阪でも揺れたのだ。それでも授業は続行されたのだが、翌日の授業の最中には、福島第一原発爆発の一報が伝えられ、動転した福島県出身の女子学生が「ギャー！」という奇声を発した。

そんな混乱を目の前にして、すでに40代半ばとなっていたラジヲは、初めて死を意識した。残りの人生が有限であることをしっかりと確認したのだ。

「揺れる」と言えば「シェイク」。20歳前後の頃、溝ノ口の夜、ラジヲの心を揺らしたザ・シェイクスの例の歌が、今度は40代半ばのラジヲの心を揺らす。

――♪そんな俺の耳もとに飛び込んできたRock'n Roll　そいつは俺にこう言った

〝次はお前　お前がやるんだ〟

音楽について、書かなければならない。

誰に？　もちろん「目の前に居るひとつも話の通じない最悪のその人」にだろう。

そう言えば、渋谷陽一は今どうしてるのだろう？　よく知らないな。

でも自分が今どうしているのか、どんな音楽を聴いて、どんなことを思っているのかなんて、それ以上に、誰にも知られていない——。


このままで終わっていいもんか。


3月12日の授業が終了。震災情報に不安を抱きながら、学生たちが全員立ち去った後のひっそりとした大阪芸大の教室には、『ロックミュージック進化論』を読んだあの日の図書室のように、夕焼けの西日が差している。

ただ、あの日の図書室と少しだけ違うのは、ラジヲが今いる場所が、余震でぐらぐらっと揺れ続けていることだ。そしてその余震に合わせて、ラジヲの心も揺れている。

ラジヲは心の揺れを抑え、意を決して、ノートPCのデスクトップに、ひとつのフォルダを作った。フォルダの名前は「音楽評論出版計画」――その後、そのフォルダから、いくつかの音楽評論本が世に出ていくことになるのだが、それはまた別の物語である。

＊1 ロックミュージック進化論……本書にある通りの名著。新潮文庫版もあり、そちらの方が入手しやすいはず。
＊2 本多勝一……80年代の意識高い系若者を感化しまくったジャーナリスト。代表作に『殺す側の論理』『殺される側の論理』『日本語の作文技術』（すべて朝日文庫）など。
＊3 山田太一……80年代の意識高い系若者を感化しまくったドラマ脚本家。代表作に『岸辺のアルバム』『ふぞろいの林檎たち』など。
＊4 『音楽が終わった後に』と『ロック微分法』……どちらも名著。1982年発売の前者の方が重く、1984年の後者の方が軽い、が、それでも十分に重い。
＊5 『東京ラジカルミステリーナイト』……1987年から1989年、FM東京（現TOKYO FM）で平日26時から放送されていた深夜番組。
＊6 『オールナイトニッポン』……その『東京ラジカルミステリーナイト』の百倍ほど有名な、ニッポン放送の深夜番組。
＊7 鴻上尚史……1987年から1989年にオールナイトニッポン金曜日第一部を担当。ラジヲ（スージー鈴木）が、当時かなりのめり込んだカルチャーヒーロー。
＊8 『日立ミュージック&ミュージック』……当時FM東京で月曜の21時から放送されていた、渋谷陽一がDJを務める音楽番組。最終回の最後にかかった曲は、U2の《ニュー・イヤーズ・デイ》。

#5：半蔵門の吉川晃司（1989kHz）

A面

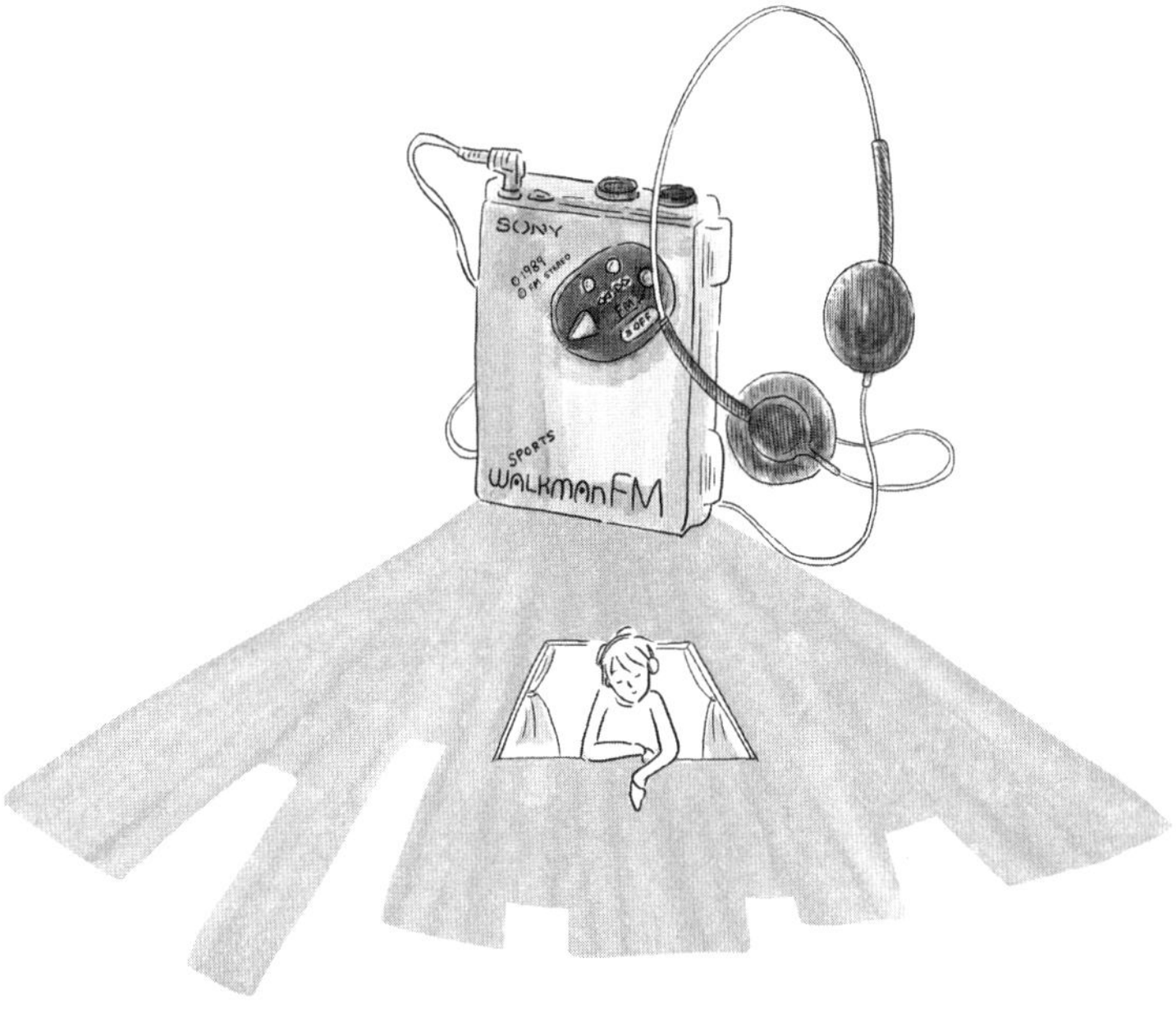

1989年4月1日、土曜日の早朝。朝5時。半蔵門の空は曇天。

―

半蔵門の皇居前にそびえ立つ、FM東京（現TOKYO FM）のガラス張りのビル裏口から、ラジヲはぴょんと飛び出した。続いて出てきたのは、年下の男子大学生＝アラタ、ムラキと、女子高生のソエダ。

この、放送局のビルにまったく似つかわしくない4人組は何者かというと、当時、FM東京で放送されていて、その前日＝3月31日に最終回を迎えた番組『東京ラジカルミステリーナイト』の学生スタッフたちである。

この番組の放送時間は、月曜日から金曜日の深夜26時から1時間。最終回が、先ほどの27時に終わり、片付けとか、雑談とか、あと出演者にサインをもらったりしていて、気が付いたら朝の5時。「始発も出るのでもう帰ろう」というタイミングである。

曇天は、ラジヲだけにちょっとだけ重くのしかかる――というのは、ラジヲは、ちょうど今日から大学4年生。本格的な就職活動シーズンに入るからだ。

実は、ラジヲがこの番組のスタッフに応募したのも、「天下のＦＭ東京に出入りしていたら、もしかしたら、大好きなラジオ業界や音楽業界に進めるチャンスが転がっているかも」という気持ちがあったからだ。事実、それらの業界に、たくさんの知り合いも出来たし、廊下ですれ違う程度だが、佐野元春や松任谷由実、加藤和彦も生で見た。

「モトハル、ユーミン、トノバンが、動いてる！」

しかし、実際の番組作りの現場と、自身の就職へのチャンスは、まったく無関係なこともわかった。人事とか採用とか、そういうスーツの世界とはまったく別の、むさ苦しく慌ただしい毎日が、そこにはあった。

そこで途中から、方向性を切り替えた。「番組の中身に入り込めないものか」と。よくしたもので、番組冒頭の１分間を、学生に任せる「１分間コーナー」という企画が採用され、何度かマイクの前に立った。話した。歌も歌った。多少の手応えもあった。

しかし、そんなものは、番組の中で、しょせんは刺身のツマだった。大人のスタッフの中では、そのコーナーの存在すら関知されていない雰囲気だった。なによりその番組は、レギュラーである、いとうせいこう[*1]の番組だった。

　1988年のいとうせいこう——そのありようを一言で表せば「キレッキレ」である。MC、ラッパー、ライター、そして小説『ノーライフキング』[*2]の作者として、そのマルチな才能をマルチな媒体で暴発させていた、キレッキレの存在。

　そんないとうせいこうと、それ以外。ラジヲは「それ以外」の端っこの底辺。今から思えば、学生スタッフの起用というアイデア自体も、「学生と一緒に番組作りをしています」という、スポンサー向けのデモンストレーションでしかなかったと思う。

　そして、その『東京ラジカルミステリーナイト』が終わる。つまりラジヲは、希望や野望のあれこれ、すべてを失うのだ。

　早朝の半蔵門の路上。アラタ、ムラキは、電子式のヘッドギアを装着して戦う、当時の最新型の対戦ゲームをするために、北の丸公園に行くという。女子高生ソエダは、『東京ラジカルミステリーナイト』と同系統の番組だった、いとうせいこう司会・NHK『土曜倶楽部』[*3]の収録に向かうという。

３人が去ってしまい、ラジヲだけに雲がひときわ重くのしかかる半蔵門の早朝は、おそろしく静か。

「終わった……」と、心でつぶやき、つい先頃、三越前駅まで延びた半蔵門線半蔵門駅の入口に、ラジヲは1人で向かった。

2

そもそもラジヲが、『東京ラジカルミステリーナイト』のスタッフとなったキッカケは、前年の１９８８年の夏、番組のコーナー企画募集の告知を、どこかの雑誌で見たからだった。

今と違い、当時の大学3年生の夏と言えば、まだ就職活動も始まらない、青春モラトリアム最後の夏。

そして１９８８年だから、その青春最後の夏は、昭和最後の夏――。

「街角ラップ対抗戦」のような企画を、大学の図書館でハガキに殴り書いて応募すると、その企画が通ったわけではないが、スタッフになってみないかという、局からの返信ハガキがあり、緊張しながら、半蔵門のガラス張りのビルに向かった。

すると、たくさんウヨウヨといたのである。いけすかない学生が。

当然ラジヲもその1人なわけだが、気後れしたのは、ファッションも垢抜《あかぬ》けていて、吸っているタバコも、フィリップモリスなどの外資系タバコ。

ちなみにラジヲはそのとき、タバコはまだ吸っていなかったのだが、周囲に負けてはいけないという妙な理由で、タバコを吸い始める。でも、妙なバランス感覚が働いたのか、銘柄《めいがら》は、国産の[*4]マイルドセブン・ライトに落ち着いたのだが。

しかし、いけすかない学生たちは、他に楽しいこともたくさんあったのだろう、1人抜け2人抜け。残ったのがラジヲとアラタ、ムラキ、ソエダと、あと月替わりで、入ってはいなくなる数名。

そこからは、「恐るべき子供たち」の天下である。半蔵門は4人の夢の遊び場。基本的には、番組作りの単なるサポートなのだが、その合間に、他の番組に出演する芸能人を見に行くは、社に余っているチケットをもらってコンサートに行くは、そして極めつけは、先の「1分間コーナー」を任されて、学生スタッフの分際で出演するはと、やりたい放題。

3

あるとき、番組の企画会議で、狭い会議室に入ったら、テーブルの上に、チラシが置いてあった。そのチラシに大きく写っていたのは、吉川晃司。

ラジヲは思った――「そう言えば最近、シングルを出していないな」

ラジヲにとって、吉川晃司は、思い入れのある音楽家である。当初は、その妙な歌い方と、いかにも大手プロダクションから出てきた芸能エリートという感じが、鼻に付いた。１９８５年の浪人時代、予備校のクラスの中で、吉川晃司を小馬鹿にするような歌い方で、彼の《RAIN-DANCEがきこえる》を歌ったこともあった。

がらっと印象が変わったのが、１９８６年2月のシングル《MODERN TIME》。初の本人の作詞作曲によるシングル。地味といえば地味なのだが、その分、芸能エリート臭は薄くなり、人間・吉川晃司が前に出てきた感じがした。

後藤次利の編曲も効いていた。イントロから歌メロに入るところで奇妙な転調があり、そこで、なんというか、外にポーンと押し出される妙な感覚に陥るのだ。

それは、その春、（関西の第一志望の大学を落ちて）大阪から東京に、無理やり押し出されたような、ラジヲの生活とぴったりフィットした。だから、上京して間もない頃、ラジヲは、《MODERN TIME》のシングルを、何度も何度も聴いたものだ。

その後のシングル、佐野元春の作詞作曲で沢田研二のカバー《すべてはこの夜に》や、《プリティ・デイト》も良かった。ラジヲが少しずつ東京に馴染んでいくときのBGMとなっていた。

しかし、《MODERN TIME》に押し出された勢いで、ラジヲが東京の少年になっていくのに反比例して、吉川晃司のシングルは、売上を落としていった——。

そんなことを思い出しながら、ラジヲはチラシを見た。すると、単なる宣伝チラシではなく、吉川晃司からの、シビアなメッセージが書かれていた。詳しい文面は忘れてしまったが、「ある事情で、しばらく活動を休止するが、待っていてほしい」という、ファン向けのメッセージだったことは確かだ。

沢田研二のファンでもあったラジヲは、ピンと来た。吉川晃司の事務所の大先輩だった沢田研二が、その数年前、事務所から独立するときに、同じような状況になったことを憶えていたからだ。そして、その独立騒ぎ以降、沢田研二は、ヒットチャート的に、少しばかり地味になったことも。

吉川晃司にも、そういうことがあるのだろうと察知したのだ。その瞬間、人間・吉川晃司が、いよいよ前に迫ってきた。「戻ってきたときには、せっせと応援してやるぞ」とまで思った。

秋になり、ＦＭ東京のライバル局であるJ-WAVE[*5]が開局。洋楽をノンストップで流す構成に多くの若者は飛び付いた。ＦＭ東京の中でも、スタジオでJ-WAVEを聴いているディレクターがいたほど。

そして天皇陛下のご容体問題。ＦＭ東京のビルは皇居の真ん前。内堀通り沿いに、警察官がずらっと並んでいた。

ある雪の日、収録で必要だからと、ハードケース入りのフォークギターを持って、ＦＭ東京へと歩いていたラジヲに、警察官が近付いてきて、ケースを開けろと命令した。もちろん、しかたなくラジヲは、ケースを開けたのだが、大切なギターの弦に、雪がしんしんと張り付いていくさまに閉口した。

吉川晃司のチラシを見つけたのは、そういう騒がしい季節、落ち着かない時代だ。

4

翌1989年、新しい元号「平成」がやってきた。

と同時に『東京ラジカルミステリーナイト』の終了が決まった。いつの時代も番組終了が決まったときには、ギスギスした雰囲気が流れる。

当時、番組の準レギュラーだった、コラムニストのえのきどいちろう[*6]は、当時大問題となっていたリクルート事件に絡《から》めて、「かもめのマークと言えば、リクルートとFM東京」と番組内で冗談ぽく悪態をついた。

でも、いとうせいこうや、えのきどいちろうなどにとって、この番組は、いくつもある仕事のひとつだ。でも、ラジヲやアラタ、ムラキ、ソエダにとっては、この番組がすべてなのだ。残された1カ月、なんとか爪痕《つめあと》を残したい、できれば、別のラジオや音楽の仕事にありつきたい。

しかし、見事なまでになにも起こらぬまま、１９８９年、平成最初の春がやってくる。そして3月31日の最終回の日となった。

その日の最終回は生放送。番組の中で、いとうせいこうは、さくらももこという漫画家が描いた、『ちびまる子ちゃん』という漫画を激賞する発言をした。まだ一般には知られていなかったにもかかわらず、「さくらももこは、平成の向田邦子だ」と話しているのを、ラジヲたちは、スタジオ特有の分厚いガラス越しに眺めていた。

深夜の時計は、いそいそと早く進む。気付いたら27時だ。おっと、バタバタしているうちに朝の5時だ。

「結局、次につながるものも、なんにもないすっからかんなのだから、最後に、お土産代わりに、サンプル盤をくすねて帰ろう」

ラジヲはそう思って、スタジオの中に散らばっていたシングル盤を数枚、手に取った。時代は徐々にＣＤへと移行していたが、関係者用に配られるサンプル盤に使われるのは、まだレコードが多かったのだ。そのいちばん上に、妙なジャケットのシングル盤があった。

COMPLEX《BE MY BABY》。

「知らないバンドだな。インディーズかなにかか?」と思いながら、「まあいいや」と、万引きをするかのように、素早くカバンの中に入れた。

5

4月1日のあの朝、半蔵門線に乗ったラジヲは川崎市溝ノ口の下宿に帰った。そして、消費税が導入されるも、好景気に沸いていた1989年4月、ラジヲは、なにをするでもなく、ずっと下宿でグダグダしていた。番組が終わった脱力感で、なにもする気が起きなかったのだ。

そんな4月のある日の午後、ラジヲはベッドの中にいた。すると、室内アンテナ付きの小さなテレビで流れていたテレビ神奈川から、妙な音楽が聴こえてきた。

――♪BE MY BABY BE MY BABY BE MY BABY BE MY BABY……

「なんだこれは！」と驚いた。そして画面を見ると、白いバックに、黒ずくめでノッポの男の2人組。その左側は――吉川晃司だ！　ラジヲはベッドから飛び起きた。

「吉川晃司が、本当に帰ってきたんだ！」

そして、「この謎のユニット＝COMPLEXをチェックしなければ！」と、ベッドの上で、1人で震えた。震えるくらいに嬉しかった。両足をバタバタとさせ、大阪の自宅から運び込んだ木製のベッドがギシギシと音を立てた。

それからというもの、半蔵門からくすねてきた《BE MY BABY》のサンプル盤を、繰り返し繰り返し聴いた。アルバムも待ち遠しくて仕方がなかった。

アルバム『COMPLEX』の発売は、4月26日。溝ノ口駅前の商店街の中にあった小さなレコード店で、予約までして手に入れた。その頃、世間はもう、LPではなくCDだった。パッケージのビニールを剥がすのもまどろっこしく、そして中から出てきた、キラキラとした盤を、トレイに載せた。

「これは、吉川晃司と布袋寅泰の格闘技だ」と感じた。「この格闘技は世界タイトル戦だ」とも思った。

少なくとも、従来の日本の音楽家同士の、チマチマとしたセッションではなかった。アメリカ人をも見下ろすようなガタイ、ヘビー級の2人によるガチンコ勝負。これはいい買い物をしたぞ。

しかし、10曲目の《RAMBLING MAN》の、ある決定的なフレーズに、ラジヲは衝撃を受けるのである。あさっての方向から蹴り飛ばされたような。

――♪走り出さなきゃ始まらない　そんなペースじゃ意味がない
――♪たかがおまえの事なんて　世の中誰も知りやしない
――♪YOU'RE JUST A RAMBLING MAN
――♪思い知らせてやれよ

「え？」

ラジヲは一瞬で掴《つか》んだ。この「おまえ」とは、自分のことであり、そして吉川晃司自身であることを。

驚いた。あの一世を風靡《ふうび》した吉川晃司が、もう一度イチから、いや、ゼロから始めようとしていることに。いやいや、ゼロからイチに、すでに一歩踏み出していることに。

「それに比べて、なにしてんだよ、俺は？」

ラジヲはそう思いながら、でももう一度、《RAMBLING MAN》をフルボリュームでかけて、下宿の窓を開けた。２階の下宿からは、府中《ふちゅう》街道の渋滞が見える。

――♪たかがおまえの事なんて　世の中誰も知りやしない

ラジヲは、そう口ずさみながら、マイルドセブン・ライトを取り出して、ゆっくりと火を点《つ》けた。

＊1 いとうせいこう……80年代後半に「時代と寝た男」。60年代後半から5年区切りでサブカル界「時代と寝た男」を並べれば、かまやつひろし→加藤和彦→近田春夫→細野晴臣、そしていとうせいこう→小室哲哉となる。

＊2 小説『ノーライフキング』……コンピューターゲームをテーマとした、いとうせいこうの小説。第2回三島由紀夫賞の候補作。

＊3 『土曜倶楽部』……当時土曜の22時30分から、NHK教育で放送されていたテレビ番組。初代司会はいとうせいこう。

＊4 マイルドセブン・ライト……当時の人気タバコ銘柄。当時の価格は1箱220円。

＊5 J-WAVE……1988年10月より放送開始。本文にもあるように、東京、ひいては日本のラジオ界の勢力図を一変させた。個人的には、開局直後の昭和天皇崩御の際、一日中クラシックをかけていたのが忘れられない。

＊6 えのきどいちろう……NHK教育の『土曜倶楽部』2代目司会者。北海道日本ハムファイターズのファン。

＃6：武蔵小金井の真島昌利（1992kHz）

A面

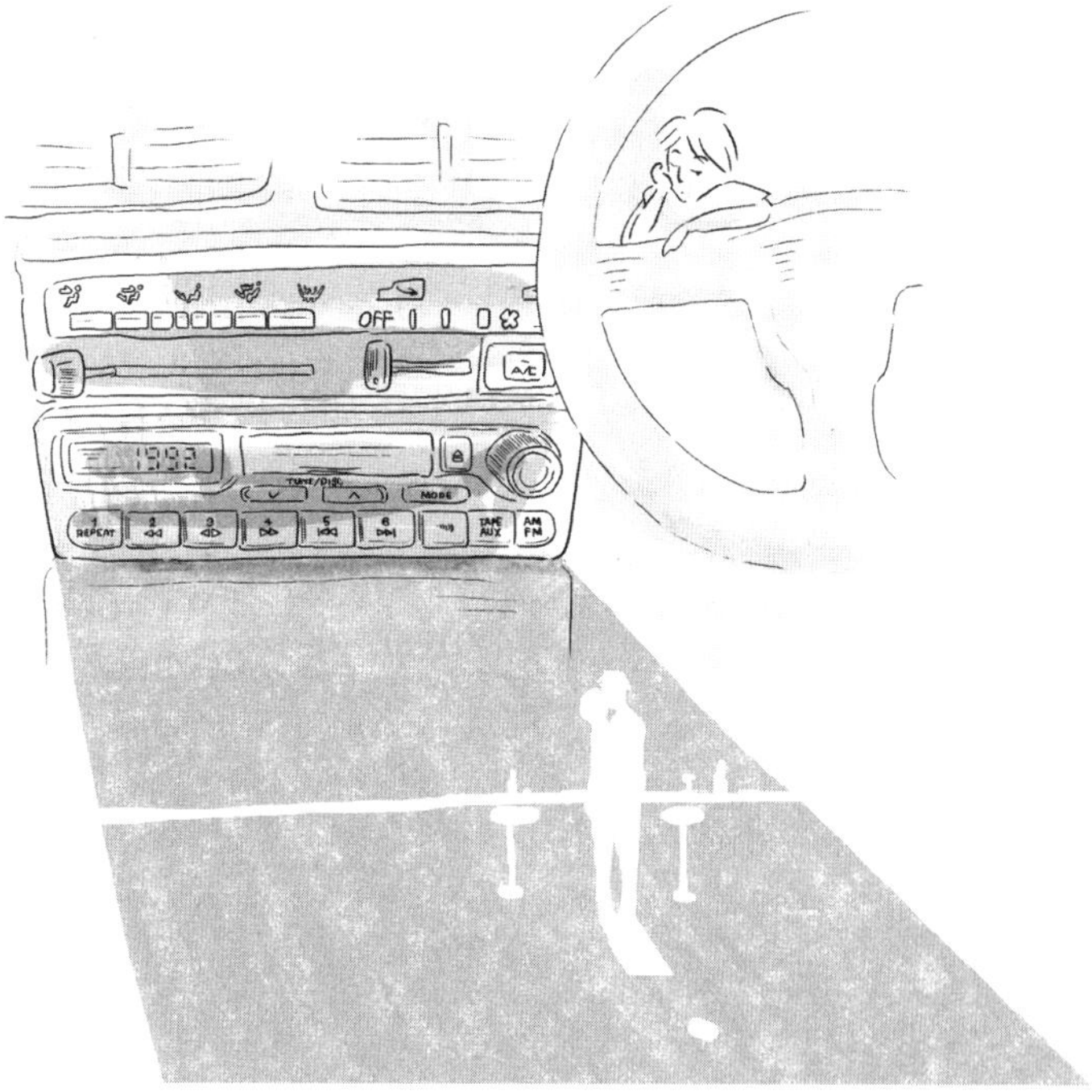

1

真島昌利『夏のぬけがら』――。

1989年11月21日に発売されたこのアルバムは、当時大人気のバンド＝ザ・ブルーハーツのギタリスト＝真島昌利によるソロアルバムであり、近藤真彦がカバーした《アンダルシアに憧れて》のオリジナル版が入っているアルバムとして知られている。

ただ、ラジヲ的には、1992年の晩夏、本当にそれはあったのかなかったのかさえわからない、不思議で謎な、あの熱帯夜のBGMとして記憶している作品だ。

2

1992年頃のラジヲは、仕事も恋愛も、あまりうまくいっていない。仕事も適当に、阿《あ》佐《さ》ケ《が》谷《や》のワンルームマンションに帰り、夜はFMラジオを聴きながら、マッキントッシュ・クラシック[*1]という小さなPCを立ち上げ、ニフティサーブ[*2]というパソコン通信を眺めながら、安物の酒をかっくらって、いつの間にか寝ているという日々の繰り返し。

もちろん彼女もいない。浮いた話すらない。そして目が行くのは、部屋に散乱している男性向け雑誌の巻末にある、ダイヤルＱ２・ツーショットダイヤルの広告だ。

「ツーショットダイヤル」とは……、説明が要るだろう。「０９９０」から始まる電話番号に電話をして、つながった先には、女性と「伝言」をやりとりできる機能があり、話が合えば、自宅の電話番号を教えて会話ができるというサービスで、言ってみれば「出会い系」という商売の先駆《せんく》だ。

しかし、その利用には割と高額な電話料金がかかる。だから頻繁に使うわけにはいかない。ただその夜は、とにかくヒマで、テレビもつまらない。日がな一日、蒸し暑くってムシャクシャしていたこともある。

そのツーショットダイヤルに、久々に電話をしてみた。すると、いつもは延々と待たされるのだが、その日は、やたらとスムーズにつながることが出来た。


「今晩あいてるの？」

ストレートに聞くラジヲに、受話器の向こう側の女性が答える。

「うん、あいてる」

「暑いし、なんか、どっか行きたいよね」

「行きたい」

珍しく、ずんずんと話は進み、受話器の向こうの女性と、なんと今すぐ落ち合おうということになったのだ。

そう決まったのは深夜0時。年を取った今ならば、そんな夜更けに家から出歩くなど考えられないが、当時はまだ血気盛ん、よこしまな心もあり、いや、よこしまな心だけに突き動かされて、会社の先輩からたった20万円で譲ってもらった、ダークブルーのミラ・コティ[*3]を駆って、阿佐ヶ谷から武蔵小金井《むさしこがねい》にいそいそと向かった。

武蔵小金井など、電車でもクルマでも行ったことはない。なので、青く分厚いガイドマップを参考に、早稲田通り、青梅《おうめ》街道、五日市《いつかいち》街道などを経由して、武蔵小金井に向かっていく。

　そのときの音楽が、真島昌利『夏のぬけがら』だったのだ。ＣＤで買ったものをカセットテープにダビングしている。ミラ・コテイには、カセットテープのデッキしか付いていない。まだＣＤデッキが標準装備される時代ではなかった。カーナビの普及など、その先のもっと先。

　冒頭に「本当にそれはあったのかなかったのかさえわからない」と書いたように、この夜の記憶は、実話だったのか夢だったのか、掴みどころがない。ただ実話だと確証するのは、『夏のぬけがら』が鳴り続けていたことを、確かに記憶しているからだ。

　この夜、聴いた確証があるのは、アルバム後半の４曲である――《花小金井ブレイクダウン》《カローラに乗って》《夕焼け多摩川》、そして《ルーレット》。

　この中で、テンポも遅く怒涛《どとう》のように暗い曲が《花小金井ブレイクダウン》と《夕焼け多摩川》。対して、テンポは快調、しかし、いまいち明るくなりきれない曇り空のような曲が、《カローラに乗って》と《ルーレット》。

　武蔵小金井への道のりへの記憶は、よこしまな期待も合わせて、まだ快調な《カローラに乗って》だ。

――♪カローラに乗っていこうよ　夜がねがえりをうってる

武蔵小金井駅の近辺に着いた。電話での約束通り、駅前の指定された場所に、ハザードを灯して路上駐車をした。時間は深夜1時の少し前。

3

バックミラー越しに、女性が駆け寄ってくるのが見えた。年の頃は、明らかにラジヲより上で、おおよそ30くらいか。身長は小柄で、前髪をぱっつんと揃えていて、白いTシャツにスリムのジーンズ。遠目には、当時人気があったシンガー＝永井真理子に近かった。

永井真理子がクルマに乗ってきた。

「さっきの電話の？」

「そう。よろしくね」

遠目の永井真理子を近目で見れば、さすがに永井真理子には失礼な感じだった。でも最悪という感じでもない。よこしまな期待は、それほど萎《な》えてはいない。

「どこに行こうか。ファミレスでも行く？」

とラジヲが聞く。永井真理子がつっけんどんに答える。

「新丸子《しんまるこ》。新丸子に行きたい」

新丸子とは、川崎市の地名で、東急東横線で、渋谷から多摩川を渡ってひとつ目の駅。ここからはかなりの距離である。武蔵小金井から、この深夜に行こうという場所ではない。

「……それ、遠くない？」

「いいの。新丸子に行く。行かなきゃ帰る」

わざわざ迎えに来ているのだが、ツーショットダイヤルで知り合って、深夜に会いに来ている男性の立場は弱い。青く分厚いガイドマップを再度取り出して、新丸子へのルートを確かめる。
すると、多磨霊園《たまれいえん》の脇を通って、府中の方にすとんと落ちて、そこから多摩川べりにまっすぐ進むという、思ったよりもシンプルなコースが割り出された。

新丸子に向かうこととした。

武蔵小金井駅からひたすら南へ、ミラ・コティは進んでいく。困ったのは会話がないことだ。今2人をつなぐ会話の手がかりは、「新丸子に行く」ということを約束し合ったという以外にはなにもない。そして永井真理子は、ずっと口をつぐんでいる。

「小金井」つながりだ。《花小金井ブレイクダウン》が、重い空気のミラ・コティに流れる。

――♪タクシー会社の裏で　夏はうずくまってた

その夜は、ひどく暑い夜だった。ミラ・コティのエアコンは風量を調節するレバーがあるだけのものだった。暑さが収まらないので、冷風を調節する青いレバーを、プラスの方向に引っ張る。

ゴゴゴゴーッ！

エアコンから異音が発せられ。真島昌利の声が消えた。

「寒い」

永井真理子がつぶやくので、しょうがないから、エアコンを弱くして、手動の取っ手をくるくる回し、運転席側のウインドウを開ける。

グアァァァァッ！

多磨霊園をすり抜けてきた、もわっとした熱風が、雑音とともに車中に入り込んでくる。

こりゃたまらんとウインドウを閉める。

・エアコンを強める↓「寒いよ」↓ウインドウを開ける↓熱風↓ウインドウを閉める

このサイクルを数回繰り返しながら、ラジヲの気持ちも、

・よこしまな期待↓前髪ぱっつんの30女↓弾まない会話↓結末への不安

というサイクルを繰り返している。

中央高速をくぐって左折。中央高速の下の道を進み、京王閣《けいおうかく》の手前を右折して多摩川原橋を渡り、向こう岸の稲城《いなぎ》市へ。そこからは、[*5]味気ない風景の多摩沿線道路をまっすぐ行けば、新丸子だ。

「新丸子に寄りたい店がある」

久々の会話だ。

「どんな店？」

「飲み屋」

「どんな飲み屋？」

「友だちがやってるバー」

会話は端的《たんてき》だ。多少、お酒を入れてみると、会話も弾むのではないかと、ラジヲは期待した。

4

新丸子に着いた。

東横線新丸子駅の駅前に路上駐車をして、永井真理子に連れられて、ひっそりとした深夜の駅前商店街を5分ほど歩き、雑居ビルの2階にあるバーへの階段を昇る。

ラジヲは勝手に場末のスナックのような店を想像していたのだが、そこは、こぢんまりしたオーセンティックなバーだった。5、6名がかけられるカウンターに、4人ほどのテーブル席が3つほど。その奥に小さなソファー席がある。

客は、カウンター席にいる1組の男女のカップルだけ。そしてそのカウンターの中には、長髪を後ろでくくった、藤原ヒロシ似のマスターが1人。この藤原ヒロシが永井真理子の友だちなのだろう。

ラジヲと永井真理子がバーに入る。藤原ヒロシと永井真理子が視線を合わせる。友だちのはずなのだが、馴れ馴れしい会話は一切ない。

「いらっしゃいませ」

対して、永井真理子は無言で、ラジヲを連れて奥のソファー席に向かう。

ラジヲと永井真理子にも相変わらず会話はない。よく知らないビバップ風のジャズが流れている。テナーサックスがぶんぶん唸っている。

永井真理子は、ずっと藤原ヒロシを見ている。その距離は10メートル足らず。ずっとじっと、まなざしを藤原ヒロシに向けている。

でも、永井真理子と藤原ヒロシのあいだには、カップルの女が座っていて、遮《さえぎ》る格好になっている。だから永井真理子は、少しずつ顔を動かして、藤原ヒロシの顔を捉えようとしている。

「あのマスターが友だち？」

「そう」

「声かければいいのに」

「いや、いい」

そんな会話をしていた瞬間だ。カップルの女性が立ち上がって、トイレに向かったのだ。10メートル足らずの距離が直結されて、永井真理子の視線が藤原ヒロシを捉えた。そして藤原ヒロシも永井真理子に視線を向けた——。

「今だ！」

そんな永井真理子の心の叫びが聞こえた気がした。次の瞬間、永井真理子が突然、ラジヲの耳に唇を押し当ててきた。そして耳たぶの下の方を柔らかく噛んだ。

「……!?」

ラジヲは声が出ない。しかし、そんなラジヲに動じることもなく、永井真理子はラジヲの耳元で静かにささやく。

「あと10秒、あと10秒動かないで……」

藤原ヒロシの遠目からは、永井真理子とラジヲがキスをしているように見えただろう。しかし、ラジヲには、なにをされているかがわからなかった。そしてそれがなんのためなのかも。

蒸し暑い夜の新丸子。

ラジヲが戸惑いながら受け入れた、呆れるほどに長い長い10秒間――。

5

――♪川は流れていく変わっていく　何も気にしないで

来たときとまったく同じ道を逆行する。味気ない多摩沿線道路を北上しながら、ミラ・コティの中には真島昌利《夕焼け多摩川》が流れている。

「彼、昔のオトコだったのよ」

永井真理子が初めて会話らしい会話を投げ込んできた。思ったよりもハスキーな声で話を続けた。

「でも、別の女に寝取られた。悔しくて悔しくて……」

それでとにかく、誰でもいいから男を連れて、昔の彼の前で、付き合っているさまを見せたかったのだという。そんな猿芝居に配役されたのが、ラジヲだったというわけだ。

「ニセの彼氏を見せつけて、どうだった？」

「うーん……わかんない」

そりゃそうだろう。そんな猿芝居で心が晴れるほど、女のジェラシーや人間の心理の構造は、単純ではないはずだ。

――♪誰かが歌ってる　時代は変わる　それなのにこの場面　以前にも見たよ

《夕焼け多摩川》がまだ流れている。時間はもう午前4時を超えている。川崎から稲城、府中の街が、少しずつ動き出しているのがわかる。そしてラジヲは会社員なのだ。あと3時間もすれば、身支度をして、会社に向かわなければならない。

行きのときよりも、少しだけアクセルを強めに踏んで、しらじらと夜が明ける武蔵小金井駅を目指す。ゴーゴーとエアコンをかき鳴らして、ミラ・コティが進んでいく。

6

武蔵小金井駅を越えて、永井真理子の自宅に近いという神社の駐車場にクルマを停めた。さすがに申し訳ないと思ったのだろう。永井真理子が、今夜初めて気を利かせて、自動販売機から冷たい缶コーヒーを買ってきた。クルマの中で、２人して缶コーヒーを飲みながら、タバコを吸った。

永井真理子とラジヲ、２人の気持ちの中に、ある想いが広がっていく。それは徒労《とろう》感とか諦観《ていかん》とか、要するに、一気に情況が好転する日なんて永遠に訪れないいんじゃないかという想いだ。

一気に情況が好転する日なんて、永遠に訪れないいんじゃないか――。

そんな想いが、２人の中で結び付いた。思わず、ラジヲは永井真理子にキスをした。それは長いキスだった。10秒をゆうに超えていた。

すると次は、永井真理子の方から攻めてきた。彼女の右手がラジヲの下のジッパーを下ろす。そして彼女の唇が、ラジヲの下半身に向かってくる。

クルマの中に響いているのは、アルバム『夏のぬけがら』の最後を飾る名曲＝《ルーレット》だ。

――♪ルーレットがまわるように　毎日が過ぎていくんだ

永井真理子の唇の中で、ラジヲは果てた。

――♪何にどれだけ賭けようか　友達　今がその時だ

朝焼けの中で、ラジヲは「夏のぬけがら」になった。

7

「今日も暑くなりそうだ」

そう思わせる、早々と突き抜けた朝空の中、ラジヲは武蔵小金井から阿佐ヶ谷まで、クルマを1人で走らせて、自宅に帰っている。

『夏のぬけがら』のカセットテープを止めて、ＡＭラジオに切り替える。ニッポン放送から流れてきたのは「福山雅治のオールナイトニッポン」だ。ラジヲは、この福山雅治という若者をまだよく知らない。ただ、この太い声の喋りは、今夜のあの出来事への疲れを癒《い》やすのにはいい。

ラジヲは考えた――今夜、本当に永井真理子と出会ったのだろうか。本当に新丸子まで行ったのだろうか。そして本当に永井真理子とキスをしたのだろうか。

それは嘘かもしれない。でも現実かもしれない。でもそれが嘘か現実かを確かめる前に、時計はぐんぐん前に動き出して、毎日は過ぎていく。

――♪ルーレットがまわるように　毎日が過ぎていくんだ

ラジヲは、この《ルーレット》のフレーズを何度も何度も繰り返す。ラジヲの人生というルーレットが、繰り返しぐるぐると回り続けているあいだに、とても蒸し暑かった1992年の夏が、そっと暮れていく。

＊1 マッキントッシュ・クラシック……1990年発売の普及機。今のスマートフォンをはるかに下回るスペックだったが、当時のラジヲ(スージー鈴木)にとってはまさに「IT革命」だった。

＊2 ニフティサーブ……当時最大級のパソコン通信サービス。「ピーーーー!ゴーーーー!」というモデムのあの音が懐かしい。

＊3 ミラ・コティ……80年代後半に発売されたダイハツの軽自動車。ラジヲ(スージー鈴木)は、先輩から20万円で譲り受けた。

＊4 手動の取っ手をくるくる回し……「パワーステアリング」(パワステ)ではなく、「(腕の)パワー(が要る)ステアリング」。別名「オモステ」(重いステアリング)。

＊5 味気ない風景の多摩沿線道路……高い堤防のせいか、クルマを走らせていても気持ちが晴れない。

#7：阿佐ヶ谷の
サザンオールスターズ（1993kHz）

B面

―

1981年、中3になっていたラジヲは、自室でラジカセを、じっと見つめている。

昨年、懇意《こんい》にしている「ナショナルのお店」*1で母親に買ってもらった図体の大きなステレオラジカセなのだが、ラジヲが見つめているのは、その真ん中の下の方にある、ミキシングマイク用のジャックだ。

マイク用のジャック付きラジカセが増えてきたのは、この頃からではないだろうか。ラジカセにマイクをつないでなにをするのかと言えば、カラオケである。1970年代後半から、カラオケができる酒場が少しずつ増えてきていた時期だ。

じゃ、家でも歌おう、ということで、カラオケ用のカセットテープをラジカセに入れて、マイクもつないでカラオケが出来るようにしたのだろう。大きな図体の真ん中の下の方で黒光りする標準プラグの大きなジャック。

しかしラジヲは、カラオケをしようと思っていたわけではない。もっと別のこと、ラジヲの音楽人生に、もっと大きな影響を及ぼす野望を胸に秘めていたのだ。

「これを使って、多重録音が出来るのではないか？」

「多重録音」という言葉は、その後デスクトップ・ミュージック全盛の時代となり、半死語となった。1980年代の音楽少年たちの一部を虜《とりこ》にした、魔法のような漢字4文字。オーディオ機材と楽器を駆使しながら、音を何度も重ねて楽曲を作ることを指す。その多くの場合は、たった1人で。

いや、そんな説明では、本質的なところが伝わらない。

「たった1人でビートルズのような曲を録音すること」

いや、もっともっと。

「たった1人で『サージェント・ペパーズ・ロンリー・ハーツ・クラブ・バンド』のような、夢のように豪華な音を作ること」

少なくとも、1981年のラジヲにとって「多重録音」は、そのくらい魅惑的な響き、魅惑的な概念だった。

ラジヲ含む当時の音楽少年たちを喚起したのは、『サージェント・ペパーズ』が、たった4チャンネルの機材で録音されたという事実である。

プロの世界では、その頃にはもう、やれ16チャンネルだ、32チャンネルだと機材が充実してきていたのだが、十数年前に発表された『サージェント・ペパーズ』は、ざっくり言えば、たった「4重録音」しか出来ない機材で作られたのだ（もちろん実際は、ダビングを重ねることで、もっとたくさんの音を追加しているのだが）。

「4重録音」くらいなら、自宅でも出来るのではないか。めざせ、『サージェント・ペパーズ』！

まだフォークギターしか持っていないラジヲが考えた多重録音プロセス（バージョン1）はこうだ。

（1）ラジカセでギターを録音する（内蔵マイクを使ったステレオ録音）。
（2）ラジカセと別のカセットデッキをコードでつなぐ（ステレオ・ピンプラグ）。
（3）ギターを録音した（1）のテープを再生しながら、マイク用のジャックにマイクを差し込んで歌い、それを、コードでつないだカセットデッキで録音する。

結果出来上がったのは、自分のギターに自分の歌が重なった、まごうことなき多重録音音源である。これがラジヲの記念すべき多重録音第1号音源。

問題はギター1本と歌という、あまりに簡素な編成だったことと（よく考えたら、弾き語りでの一発録《ど》りが出来る編成）、マイクが安物なので、歌が異常にモコモコした音になっていることだ。

しかし、そんな問題点には目もくれず、ラジヲは多重録音に明け暮れた。フォークソングとテクノポップ、歌謡曲の影響を受けながら、それらが未整理のままで放り出されたような「ファーストアルバム」が2カ月ほどで完成した。もちろん音楽的にはハチャメチャなものだ。

アルバムタイトルは『偶成《ぐうせい》』。漢文の授業で知った「偶然にできたもの」という意味の言葉。このあたり、イエロー・マジック・オーケストラ（YMO）の『増殖』の影響下にある。

2

それから1年。高1となったラジヲの周りには「三種の神器」が一気に揃った。エレキ・ギター、エレキ・ベース、そして、当時発売されたヤマハのポータブルキーボード＝「ポータサウンド」だ。

エレキ・ギターは母親にねだって買ってもらった。エレキ・ベースは兄貴が買ったのだが、兄貴がすぐに飽きて（予想通り）、「お下がり」としてラジヲが手に入れた。しかし、ラジヲの多重録音を最も大きく変えたのはポータサウンドだ。

小さな見てくれなのだが、いくつかの音源が選べたり、リズムボックスが付いていたり、さらには、簡易的な自動演奏まで出来る優れもの。当時、かなり売れたはずだ。

特にリズムボックス機能は重宝した。今から考えれば、チャカポコチャカポコした音は実にチープで、またフィルイン機能[*2]もなかったのだけれど、それでも、ラジヲの多重録音の世界に、とにもかくにも「ドラムス」がやってきたのだ。

「三種の神器」を有効活用した多重録音プロセス（バージョン2）はこうだ。これでまたビートルズに近付いた。少しだけ。

（１）ラジカセの右チャンネルに（ポータサウンドの）リズムボックス、左チャンネルにエレキ・ベースを同時録音。
（２）そのリズムボックス＋エレキ・ベースのミックス音源（＝リズムセクション）を、ラジカセからカセットデッキの左チャンネルに録音。カセットデッキの右にはエレキ・ギター。
（３）出来上がった左にリズムセクション、右にエレキ・ギターのテープ（＝カラオケ）をラジカセに入れて、マイクで歌を歌い、その状態を、コードでつないだカセットデッキで録音する。

細かい話は抜きにして、重要なことは「ドラムス、ベース、ギター、歌」という編成が実現しているということだ。つまりは一応、とりあえず、ビートルズと同じ条件に並んだぞ。

でも、まだまだ細かな不満がある。自分の演奏や歌の下手さは横において、ラジヲがいちばん不満だったのは、この方法だとドラムス（リズムボックス）が、音の配置として、左に寄ってしまうことだ。

当時のラジオから流れてくる洋楽・邦楽はもちろん、ビートルズも中期以降、ドラムスはどっしりと真ん中の配置で響いている。しかし、ラジヲが作った音源は、左の奥で、ひっそりとチャカポコチャカポコ鳴っているだけ。なにかいい方法はないものか。

ごく簡単な解決方法はある。複数の人間で演奏すればいいのだ。例えば、自分が弾くギター、もう1人が弾くベース、そしてリズムボックスの3つをラジカセに差し込めば、たった1回で、ドラムスを真ん中に置いたカラオケ音源が完成する。

しかし、それをしたら元も子もない。「たった1人でどこまでビートルズに近付けるか」を考えることが大前提なのだから——当時からラジヲには、妙に頑《かたく》なところがある。

それでも、考えに考え抜くと、音楽の神様は舞い降りて来る。このことは、ポール・マッカートニーにも、ラジヲにも同様なのかもしれない。やがていい方法が浮かんだ。

「リズムセクションの音を、マイクジャックに差し込めばどうだ?」

このアイデアは大成功だった。というわけで、新しい多重録音プロセス(バージョン3)。

(1)ラジカセの右チャンネルに(ポータサウンド)のリズムボックス、左チャンネルにエレキ・ベースを同時録音。

(2)そのリズムボックス+エレキ・ベースのミックス音源(=リズムセクション)を、ラジカセからカセットデッキの左チャンネルに録音。カセットデッキの右にはエレキ・ギター（ここまではバージョン2と同じ）。

（3）出来上がった左にリズムセクション、右にエレキ・ギターのテープ（＝カラオケ）をラジカセではなく、カセットデッキに入れて、左のリズムセクション音源をラジカセのマイクジャックに入れる（＝ここが新しいアイデア）。そして右の音源をラジカセの右に。ラジカセの左には、ギターかキーボード（ポータサウンド）の音を入れる。

（4）それで出来上がった真ん中にリズムセクション、左右にギターやキーボードのテープ（＝カラオケ）をラジカセに入れて、マイクで歌を歌い、その状態を、コードでつないだカセットデッキで録音する。

ドラムスが真ん中で響いている。音は相変わらずチャカポコチャカポコだが、これでまたまたビートルズに近付いた。ほんの少しだけ。

この段階で作った「セカンドアルバム」は『YAO ROAD[*3]（八尾街道）』。もちろんビートルズ『アビイ・ロード』のパロディで、ラジヲの家に近いバス通りから名前を拝借している。

高校生となったラジヲには、もうYMOよりもビートルズ、という感じになっていることがわかる。

3

ビートルズに、さらにぐんと近付いたのは、その3年後。大学浪人となっていた1985年に、TASCAMというブランドの、カセットテープ式の4チャンネルデッキを買ったのだ。複雑にわかりやすく言えば、ここまで書いてきたような、ラジカセとカセットデッキを、つないだ「ピンポン録音」をするのではなく、それ一台で多重録音が出来る革新的な機材なのである。そして「4チャンネル」なので、4つまでの楽器や歌を、ダビングなしで重ねることが出来る。多重録音の作業過程も、この「バージョン4」で、かなり安定する。

もちろんこの「4チャンネル」とは、あの『サージェント・ペパーズ』の録音機材と、意味としては同様のものだ。

このデッキを使って、山のように音源を作った。

大学に入学してからの川崎溝ノ口の下宿では、さらに拍車がかかり、「アルバム」を量産した（ただしメディアはカセットテープ）。それらにも『偶成』や『YAO ROAD』のようなタイトルもあったはずなのだが、量産・濫造《らんぞう》している分、思い入れが分散しているのか、後に思い出せなくなっていた。

ただひとつだけ『The Best of 溝ノ口オールスターズ』という「アルバム」は憶えている。憶えているどころか、デジタル化して、年を取ってからもたまに聴いていた。

「ロックサークル」や軽音楽サークルにも馴染めなかったラジヲは、東京女子大や日本女子大の上品な美人が多そうだというよこしまな理由で、オーケストラのサークルに入っていたのだが、『The Best of 溝ノ口オールスターズ』とは、そのオーケストラの仲間で作った「カバーアルバム」である。

カラオケは先に作っておき、仲間を高田馬場で飲んだ帰りに溝ノ口の下宿に呼び寄せて、ボーカルを録音する。オーケストラの面々なので、歌心も（ラジヲよりも）ある。

『The Best of 溝ノ口オールスターズ』

【A】

＃1《サージェント・ペパーズ・ロンリー・ハーツ・クラブ・バンド》（オリジナル：ビートルズ）

＃2《冬のオペラグラス》（新田恵利）

＃3《シング》（カーペンターズ）

#4 《瞳を閉じて》（荒井由実）

#5 《あの娘とスキャンダル》（チェッカーズ）

#6 《旅姿六人衆》（サザンオールスターズ）

【B】

#7 《サウンド・オブ・サイレンス》（サイモン＆ガーファンクル）

#8 《ラストシーン》（西城秀樹）

#9 《すきすきソング》（水森亜土）

#10 《フォー・ノー・ワン〜レボリューション》（ビートルズ）

#11 《エレクトリックおばあちゃん》（ザ・スパイダース）

#12 《はいからはくち》（はっぴいえんど）

多様と言えば聞こえはいいが、単にバラバラとも言える選曲は、ラジヲ、そしてメンバーが、ピュアに歌いたい・弾きたいと思ったものを集めたもの。

この中でのベスト音源は、なんといっても、A面の最後を飾るサザンオールスターズのカバー《旅姿六人衆》である。

4

音楽の神様がまた舞い降りる。

　１９８８年、大学３年生の冬。バブル景気とやらとは無縁な若者たち。でも、大学生活を積み重ねていく中で、音楽に結ばれながら、この広い東京に、確実に居場所を作っている仲間たち。

　そんな５人組が今夜、高田馬場の*4「清瀧《せいりゅう》」という居酒屋で飲んだくれた後、山手線と東急線を経由して溝ノ口の下宿にたどり着き、ラジヲが作っておいたカラオケ音源を、まずはみんなで聴く。

　今回のレコーディングは、まずエンディングのコーラスを５人全員で。次にリードボーカル、最後にラジヲのギターソロという順番。これらを一晩のうちに一気にやってしまおうという目論見《もくろみ》だ。

　まずは「♪ラララー」という、エンディングのコーラス。これはちょっと雑な方がいいので、酔っ払った勢いでワンテイクOK。コード進行が同じなので、５人中、ラジヲともう

1人が、ビートルズ《ヘイ・ジュード》のリフレインを歌うことも指定済み。

次にリードボーカルは、ラジヲの一番の友人＝ヤギ。彼は楽器も上手ければ、歌も抜群に上手い。それでいて音楽的知識はゼロなのだから、一種の天才なのだろう。一気に歌い上げて、ツーテイクOK。

最後にリードギターはラジヲ。ただし酔っ払ったことと眠気で上手くいかず、翌日1人で録り直すことにした。逆に言えば、本物の《旅姿六人衆》のギターソロは、そうそう簡単に弾けるものではない。大森隆志によるベスト・ギタープレイではないか。


そうして出来上がった音源には、音楽の神様が舞い降りていた。チューニング、演奏、ボーカル、ミキシングのバランス、そして音質……これまでの多重録音でラジヲを阻《はば》んできたあれこれの要素が、すべてにおいて、ほぼ完璧なのである。

まぁ「完璧」とは言っても、本物のサザンオールスターズ版には、とうてい敵《かな》わないが、それでも、テクニックではなく、音楽へのエネルギーの総量では決して負けてはいない。

ラジヲとその友人たち、バブルとやらに無縁な20歳過ぎの若者5人による、その日その夜にしか放出し得なかった八方破れのエネルギーとパッションが、真空パックされ、冷凍保存されている。

後日、肌寒い放課後の大教室で、その《旅姿六人衆》の完成版を何度も聴いた。

「いいねぇ」

「プロみたいだな」

「サザン、超えた？(笑)」

何度も聴いて、何度も何度も微笑み合い、何度も何度も感動を確かめ合った。

もちろん声には出さなかったものの、このときの5人が、心の中で叫んでいたのは、この言葉だ。

「音楽って素晴らしい！」

あの満足感を超える感覚は、後の5人の人生の中でも、そうはなかったはずだ。

5

一気に充実した機材と反比例して、多重録音への想いが萎《な》えるのは、1990年、ラジヲが社会人になってからである。

自宅には、あの「バージョン1」の時代には考えられないほどの先進的な機材が揃うこととなった。アップルのパーソナル・コンピュータ＝マッキントッシュ・クラシックと、それとMIDI《ミディ》でつないだ、カシオの大きなキーボード。

簡単に言えば、この「バージョン5」で、自動演奏システムが自宅に完備されたのである。自動演奏ということは、ビートルズも、ローリング・ストーンズも、サザンオールスターズも、すべての音楽が再現できるということだ。――譜面上では。

機材を買って数日は没頭した。ビートルズ『アビイ・ロード』のB面を、全部録音してやるぞと思った。《ユー・ネバー・ギブ・ミー・ユア・マネー》を録音した。コーラスに苦労したが《ビコーズ》も録音した――でも、その2曲でやめた。

思ったよりも楽しくないからだ。

そこでラジヲは気付いた。多重録音が楽しかったのは、貧弱な機材と演奏力を駆使して、いかにビートルズのような音に近付けるかという「ゲーム」だったからということに。だから、なんでも弾けてしまうパーソナル・コンピュータの自動演奏では、そのゲームのルールが根本から変わってしまい、ゲームオーバーとなってしまうことに。

言い換えれば、ラジヲは「表現」活動ではなく「制作」活動をしていたのだ。その「制作」の重要パートである「演奏」に、工夫や知恵が込められないのなら、自分が関与する意味などないではないか。

当時のパーソナル・コンピュータは、よくフリーズし、強制終了ボタンで回復させていた。そして、ラジヲの多重録音「バージョン５」も、思ったよりもひどく短い期間でフリーズし、強制終了することとなってしまった。

それからしばらくは、音楽を作ることもなくなった。

6

1993年の2月14日、バレンタインデーは日曜日だった。

お互い社会人になっていたラジヲとヤギは、その前日の土曜日から、ヤギの知り合いの女性2人と、軽井沢の貸別荘への一泊旅行に出かけた。もちろん、それなりの下心はあった。

ヤギが運転するクルマで、関越《かんえつ》自動車道を北上する。カーステレオで、5年前に録音された溝ノ口オールスターズの《旅姿六人衆》をかけて、リアシートの女の子たちから喝采《かっさい》を浴びていた。そのあたりまでは盛り上がったのだが。

しかしそれから、なんの盛り上がりもなく、旅行の時間は淡々と過ぎて、バレンタインデーの正午ごろに、西武池袋線の練馬《ねりま》駅で女性2人を下ろして別れた。もう二度と会うこともないだろうという確信付きで手を振った。

中途半端に時間が余ったので、ラジヲはその足で、自分が住んでいた阿佐ヶ谷のワンルームマンションにヤギを連れて行くことにした。

ハンドル片手にヤギが言う。

「予想したことは、なんにもなかったな」

ラジヲが負け惜しみの混じった感じで答える。

「そうだねぇ、無愛想な女の子だったなぁ」

ヤギが吐き捨てる。

「結局、今年もチョコレート0かよ」

ヤギが運転するクルマは、中村橋から阿佐ヶ谷に向かう中杉《なかすぎ》通りを走っていく。そのとき、カーステレオのAMラジオから、サザンオールスターズの《シャ・ラ・ラ》がかかり、ラジヲとヤギは、この曲と、この曲がよく使われたドラマ『ふぞろいの林檎たち』について、ひとしきり話した。

鷺ノ宮《さぎのみや》と阿佐ヶ谷と中間くらいにある、ラジヲのワンルームマンションに着いた。

いい天気の日だった。ラジヲの部屋に入ってくる、春のような陽射しが、逆に寂しさを倍増させる感じがした。

「1曲、録音しないか?」

言い出したのはヤギだ。確かにこのままなにもしないのなら、男2人のバレンタインデーという、この上なく陰鬱《いんうつ》な場面が、さらに陰鬱になってしまうだろう。TASCAMの4チャンネルデッキを、久々に取り出した。問題なく動いた。さぁなにを歌おうか。

「サザンの《シャ・ラ・ラ》はどうかな?」

「いいねぇ。弾けるよ」

ヤギの問いかけにラジヲが応える。でももう、自動演奏の機材をつなぐ気にもなれない。複雑なダビングをする時間もない。ラジヲは提案する。

「アコースティックギター1本の伴奏でいいかなぁ」

「もちろん」

ヤギが同意した。4チャンネルに、それぞれギター、ヤギの歌、ラジヲの歌、ラジヲのコーラスだけ。ダビングなしのいちばん簡素な編成で、手っ取り早く録音することにした。

――♪何するにせよ　そっと耳元で語ろう

ラジヲのギターは難なく弾けた。ヤギの歌は桑田佳祐のパート。相変わらず上手い。ラジヲは原由子のパート。上手くはないが、今回はなぜか音程がぴったり合った。そして、ヤギと2人分のラジヲのコーラスも、思いのほか見事にハモっていた。

この録音はもう、いかにビートルズのような音に近付けるかという「ゲーム」とはまったく無関係の、もっとピュアでイノセントななにかだ。

「上手く歌えたな」

「枯れたギターもいいねぇ」

出来上がった音源を、自画自賛しながら、2人で何度も聴いた。5年前、大学の教室で《旅姿六人衆》を聴いたときのように微笑み合った。

阿佐ヶ谷のワンルームマンション。夕暮れに響き続ける《シャ・ラ・ラ》。

でも、5年前のときとは気分が少しばかり違う。男2人のバレンタインデーということもあるし、なによりもう社会人なのだ。明日からはまた仕事だ。くたびれる1週間がやってくる。

「あ、もしかして」――ラジヲは振り返った。やはり、ラジヲのワンルームの隅っこに、久しぶりに会う音楽の神様がいた。膝を抱えて座っていた。

静かに微笑んでいる、音楽の神様。
ラジヲのもとに、音楽の神様が舞い降りたのは、それが最後だった。

＊1　ナショナルのお店……関西地区の家電店と言えば、まずはナショナル(現・パナソニック)だった。
＊2　フィルイン機能……「♪ドドタド・ドドタド・ドドタド・ドコドコドコドコ」の「♪ドコドコドコドコ」。そのドラムスを叩くときの俗に言う「オカズ」。ということは「♪ドドタド・ドドタド」は「ご飯」か。で、ここでは、リズムボックスにおいて、その「オカズ」を鳴らす機能のこと。
＊3　八尾街道……最近は「北八尾街道」というらしい。本文中では「バス通り」と書いているが、ここを走っていた近鉄バスの路線も廃止された模様。大阪の街なかのバス路線がどんどん減っていくのが寂しい。
＊4　清瀧……せいりゅう。高田馬場駅前さかえ通りに現在も営業中。当時の(あまり豊かではなかった)早大生の憩いの場。

＃8：原宿の小沢健二（1994kHz）

B面

目の前で、紺色のワンピースを着た、のっぽの女性が、なにかに憑《つ》かれたように、一心不乱に歌い踊っている。

—

「♪EZ DO DANCE！　EZ DO DANCE！」

1993年の秋。突き抜けるような秋晴れの土曜日。しかし、秋晴れ特有の透き通った街の空気に背を向けて、ラジヲとその女性は、渋谷・原宿間の明治通り沿いにあったカラオケボックスに入った。

カラオケボックスは、数年前に東京の街に出現。普及当初は、ロードサイドの土地に、独立したボックス型がいくつか置かれた、言葉本来の意味での[*1]カラオケ「ボックス」も多かったのだが、この時期には、繁華街に立地するビルの一部、もしくはビルまるごとを使った、いわゆる[*2]カラオケ「ルーム」の方が、かなり目立ってきていた。

今ラジヲがいるのも、まさにそのカラオケ「ルーム」だ。

のっぽの女性の歌うメロディは、ラジヲがそれまで聴いたことのないような、奇妙なものであった。特にサビの「♪EZ DO DANCE！ EZ DO DANCE！」は奇天烈《きてれつ》で、「♪ドッ・ドー・レー・レッ・ッ・レッ・レー・ド・ドッ」と、たった2つの音しか使っていない。

「これ、誰のなんて曲？」

「知らないの？ trf」

そもそもラジヲとこの女性の関係も、深いものではなかった。

先日合コンで知り合い、ラジヲから連絡をしてここにいるわけなので、ラジヲの側に「下心」がないわけではないのだが、しかし、飲み会でのその女性との会話は空虚なもので、感性が通じ合うという手応えはなく、とりあえず外見がちょっと好みだから誘おうか、といった程度のものだった。

だから、カラオケボックスでの会話もそっけない。

「ティー・アル・エフ？」

「そう、４チャンネルの深夜とかに、たくさんＣＭ流れるの、知らない？」

「知らない」

「今、かなり人気出てきたのよ。小室哲哉プロデュース」

小室哲哉はよく知っている。それどころか、彼が作曲した渡辺美里《My Revolution》は、ラジヲにとって、大阪から上京するときのテーマソングのような曲だった。またTM NETWORKの《Self Control》も大好きで、新種のメロディメーカーとして認めていた。

が、これはさすがに新種過ぎる！

これが、それからの数年の音楽シーンを席巻する、あの「小室系」の音楽とラジヲが初めて出合った瞬間であった。確かに、まったく新しいなにかが始まっている、けれど、そのなにかは、自分の感性と関係のないところで始まり、そして、そのまま遠ざかっていくように思えた。

ラジヲは、その次に自分が歌う予定だったブルーハーツの《青空》を、イントロが始まってすぐに消去した。

2

ラジヲは、１９９０年に会社員になっている。それも、勤務地は丸の内。その前年の就職活動は、「売り手市場」と言われていた。そのせいもあってか、いっぱしの「丸の内のサラリーマン」になることが出来た。

１９９０年４月２日・月曜日は入社式。会社に向かうため、ラジヲは、東京駅丸の内南口の改札を出て、東京中央郵便局に向かう横断歩道の方に歩いた。

緊張した。

ここは、例えば仕事始めの日に、新聞やテレビでよく取り上げられる、あの横断歩道だ。

日本を代表する「サラリーマンのメインストリート」だ。

「この横断歩道を越えたら、新しい自分になれるかもしれない――なってしまうかもしれない」

期待と不安の裏表。「新しい自分になれるかもしれない」は期待。鬱屈《うっくつ》した大学時代を乗り越えて、キラキラした社会人生活が待っているかもしれない。

「新しい自分になってしまうかもしれない」は不安。大学時代に育んだ、ちっぽけな自我、感性、誇り。音楽業界や放送業界で、なにか自分を表現する仕事に就きたいという夢――そんなあれこれを捨て去った滅私奉公《めっしぼうこう》の日々に、送り込まれてしまうかもしれない。

横断歩道をゆっくりと、噛み締めながら渡る。もちろん、たった数メートルの、普通の横断歩道なのだが、それでもラジヲには、数十メートルの距離に感じられた。それどころか、長い階段を昇るような勾配《こうばい》まで感じたのだ。

長い階段を、昇った。

3

階段を昇った先は、予想通り、楽しさと苦しさがお腹いっぱいの日々だった。

楽しさに溢れていたのは、飲み会、合コン、そしてカラオケなど、社会人１年目としての派手派手しい夜遊びである。回数、内容、そして費用、すべての面で、それは学生時代の可愛い夜遊びに比べて、数倍のスケールだった。

１９９０年の東京の夜は、まだ「バブル経済」の空気の下にあった。しかし、そういう派手派手しい夜遊び、もう少し具体的に言えば、「派手派手しくないものは楽しくない」と決めつけられているような夜遊びが続くことは、ラジヲにとって、居心地の悪い窮屈《きゅうくつ》さをも感じさせるものだった。

その「派手派手しくないものは楽しくない」という観念を、ナイフのように突き付けられるのは、カラオケだ。先に書いたように、少しずつ増え始めたカラオケルーム。同期社員らと夜な夜な繰り出すのだが、たいてい最後は、ブルーハーツ《リンダリンダ》の大合唱となる。

上半身裸になる者がいる、ネクタイを鉢巻きにする者もいる。そして全員で、ソファーの上をぴょんぴょん跳びながら大騒ぎをする。もちろんその騒ぎに、ラジヲも加勢する。

しかし加勢しながら、心の中でなにかがわだかまるのだ——あの頃、心から愛したブルーハーツを、こんなかたちで消費していいんだっけ？

——僕たちを縛りつけて　独りぼっちにさせようとした　すべての大人に感謝します
１９８５年日本代表ブルーハーツ！

大学３年生のとき、『鴻上尚史のオールナイトニッポン』で流れたブルーハーツの《１９８５》という曲。その中で叫ばれるこのフレーズを聴いて、溝ノ口の下宿のベッドを飛び起きた夜。あの夜を超えた先にあるのが、こんな《リンダリンダ》の乱痴気《らんちき》騒ぎであっていいものか。

楽しい友だち、美味しい酒、美しい女性——その後の言葉で言う「リア充」な夜は、ラジヲの期待を受け止めると同時に、これからの人生への不安をも、少しずつ高めていったのだ。

4

もちろん不安は、日々の仕事の中でも高まっていった。

それは、社会人になりたての若者が、大なり小なり感じる不可避《ふかひ》な経験だろうが、日々の仕事の中で、自尊心が壊れていくプロセスに放り込まれることに、ラジヲも例外ではなかった。

カラオケボックスで《EZ DO DANCE》を聴いた頃だったと思う。ラジヲは休日出勤をしていた。15歳ほど年上の、理屈っぽい上司と一緒に、データ分析の作業をするという目的の休日出勤。

その上司は、異常に神経質な人で、ラジヲの仕事にミスや不具合があれば、それを徹底的に洗い出して、やや病的なほどの早口で指摘してくる。そんな、きつい上司の下にいることについて、ラジヲは周囲からかなり同情されていた。

しかしその日は、休日出勤を強いたという負い目もあったのか、上司はなぜか温厚で、当たりも弱かった。そして、ラジヲが作った資料に対して、いつもよりも優しげに、ゆっくりと指示を出してきた。

「ここは、こういうグラフで表現しようか」

「この部分の文末は、『〜と考えられる』と客観的にまとめよう」

「総括のページを、最初に持ってくるのはどうかな」

ゆっくりと指示が積み重なっていく。ゆっくりとラジヲの資料が赤字で埋まっていく。窓の向こう側には、ＪＲ東京駅をゆっくりと包みこんでいく、真っ赤な秋の夕暮れ。

そのとき突然、奇妙なことが起きた。

それは、ラジヲが生きてきた中で、初めての奇妙な現象——涙が突然、止まらなくなったのだ。

水道管の蛇口を開いたときのように、とめどなく滔々《とうとう》と、涙が流れ出す。止めよう止めようと、気持ちの中でブレーキを踏むのだが、ブレーキとアクセルを踏み違えているような感覚で、いよいよ涙は、頬を伝って溢れ出てくる。

驚いた上司は、気まずくなったのか、「トイレに行ってくる」と言い残して、しばらく帰ってこなかった。

涙が止まらなくなった理由が、ラジヲにはまるでわからない。少なくとも、上司のその日の、ずいぶんと気を遣った言動は、涙の理由にはならないはずだ。

理由はもっと深いところにあったのだろう。それは、「休日を返上して、細かなデータ分析をするような生活、自尊心が粉々に壊れていく毎日が、これからずっと続いていくのだろうか、もしや定年まで？」という、漠然とした不安ではなかったか。いや、それしか考えられない。

遊びも仕事も、ラジヲの目の前を足早に通り過ぎていく。楽しいこと苦しいこと、期待と不安でお腹いっぱいの日々。ただ、ひとつだけ言えることは、この時期のラジヲの毎日には、「あぁ、これこそが自分だ」と胸を張れる一瞬が、決定的に足りなかったということだ。

それでも、当時のラジヲは、どこかおめでたいところがあった。なぜなら、翌1994年、時代が自分の側に向かっていたような気がしていたのだから。

おめでたく思い込めるのは、ラジヲの自意識や自尊心に近しいと感じられる事柄が、1994年あたりを境目として、ポツポツと出てきたからだ。

5

ひとつはイチローの登場だ。オリックス・ブルーウェーブから、彗星《すいせい》のごとく登場。この年210本のヒットを重ね、一躍スターダムにのし上がった青年。セ・リーグではなくパ・リーグ、パンチパーマではなくヒップホップ・スタイル、ホームランではなく安打、それも率ではなく本数にこだわる新しい感性が、少年時代以来、しばらく野球から遠ざかっていたラジヲをも惹き付けた。

ふたつ目に、ワゴンRという軽自動車のヒット。「クルマより楽しいクルマ。」というコピーとともに、前年に発売され、従来の、どこか女性的で子供っぽかった軽自動車にはない、実用的でシンプルな作りが受け入れられ、1994年にはベストセラーとなっていた。

最後はダウンタウンだ。もちろん80年代後半から全国的な人気コンビとなっていたが、松本人志の天才性がいよいよ際立ってきたのは、1994年前後からのフジテレビ『ごっつええ感じ』[*3]においてである。

イチロー、ワゴンR、ダウンタウン――この、一見バラバラな3つの事象に共通したのは、反・昭和、反・東京、反・固定観念とでも言うべき価値観だった。少なくともラジヲにはそう感じられた。そして、彼らを見て、「あぁ、これこそが自分が加担すべきムーブメントだ」と興奮したのだった。

6

ラジヲに少しずつ笑顔が戻ってきた1994年の夏、友人のクルマの中で流れていたFM NACK5[*4]から聴こえてきたのが、このフレーズである。

――♪10年前の僕らは胸をいためて「いとしのエリー」なんて聴いてた　ふぞろいな心はまだいまでも僕らをやるせなく悩ませるのさ

この歌詞は決定的だった。社会人になって数年、自分が観ていないドラマのタイアップ曲や、やたら「がんばろう」と軽薄に叫び立てる曲、耳に馴染まない小室哲哉の音楽にかき消されて、しばらく聴こえてこなかった、これぞ、自分のための音楽！

言うまでもなくこの歌詞は、80年代に放映されていた、山田太一脚本のドラマ＝ＴＢＳ『ふぞろいの林檎たち』[*5]のことを歌っている。そして、このドラマの主題歌こそが、サザンオールスターズ《いとしのエリー》だった。

つまりこの歌詞は、胸をいためて『ふぞろいの林檎たち』、特にそのパート1を観ていた人たちに捧げられた歌なのである。もちろん捧げられた何十万人の中の1人は、ラジヲ自身だ。

曲名は《愛し愛されて生きるのさ》。歌っているのは小沢健二だと知る。

小沢健二を、ラジヲはよく知っていた。小沢健二が組んでいたユニット＝フリッパーズ・ギターは興奮して聴いたくちだ。解散直前に行われた渋谷[*6] ON AIR でのライブも観ている。

しかし、フリッパーズ・ギターの音と、《愛し愛されて生きるのさ》の音は、根本的に違っていた。フリッパーズ・ギターは、ラジヲが背伸びして追いかけても掴めないハイ・ブロー、ハイ・コンテクストな音で（そこが魅力だったのだが）、逆に《愛し愛されて生きるのさ》は、背伸びしなくてもいい、追いかけなくてもいい、それそのものが今のラジヲ自身とでも言うべき音だった。緯度も経度もぴったり自分と合っている。

１９９４年の秋、「オザケン漬け」とでも言うべき日々が訪れた。

《愛し愛されて生きるのさ》、そしてアルバム『LIFE』を、何度も何度も聴いた。通勤途中、帰宅途中、遊びに行くとき、帰るとき、我慢できずに仕事中も、周囲にばれないように、CDが聴けるウォークマン＝ディスクマンに挿した片耳イヤフォンで聴いていた。

「♪寒い冬にダッフル・コート着た君と　原宿あたり風を切って歩いてる」という、《ドアをノックするのは誰だ？》の歌詞に従って、新宿の「TAKA-Q」[*7]で買った黒いダッフル・コートを着込んで原宿を歩いたのも、寒い冬にはまだ遠い、その年の秋のことだったと思う。

イチローが途方もない数のヒットを重ね、ワゴンRがそこかしこを駆け回り、ダウンタウンが我が物顔でブラウン管を占拠し始めた秋。ダッフル・コートに包まれてラジヲが見た原宿の秋晴れは、《EZ DO DANCE》を聴いた1年前のそれとは、まるで違って見えた。

7

小沢健二の時代がやってきて、ともに「ラジヲの時代」もやってきた感じがした。それは20代特有の強烈な自意識と自己愛からの思い違いだったのかもしれないが。

少し後に、小沢健二は、ピチカート・ファイヴやオリジナル・ラブらとともに「渋谷系」というムーブメントにくくられることとなる（オリジナル・ラブの田島貴男はライブで「俺は渋谷系なんかじゃねぇ」と叫んだという伝説があるのだが）。

ラジヲの感覚における「渋谷系」とは「昔のレコードをたくさん持っている音楽家たちの音楽」。昔のレコード好きとは、つまりはラジヲ自身のことでもあり、要するに「渋谷系の時代はラジヲの時代」という解釈になったのだ。

そんなラジヲの、小沢健二作品のフェイバリットは、翌年に発売された《強い気持ち・強い愛》だ。シングルＣＤももちろん買った。ジャケットの上のところに書かれている「小沢健二＝筒美京平[*8]　ソングブック」というフレーズがいい。

新進気鋭の小沢健二と、作曲界のレジェンド＝筒美京平とのコラボレーション。やたらとポジティブでゴージャスなアレンジも最高。カラオケボックスで何度歌ったことだろう。サウンドには一瞬で打ちのめされたのだが、追ってジワジワと攻めてきたのは歌詞だ。それも後半の。

前半は、なんというか、１９９５年の若者たちの恋愛グラフィティだ。バブルも崩壊し、阪神淡路のあたりがグラっと揺れた後の街の中で、「心をギュっとつなぐ」男の子と女の子の歌である。このあたりは想定の範囲内。

話が急激に展開するのは、後半のこのフレーズからである。

――♪長い階段をのぼり　生きる日々が続く

一気に時制が未来に飛ぶのだ。そして１９９５年の恋愛グラフィティが、過去に相対化され、それからの長い人生をともに歩んでいくイメージになる。

実は、この「時制飛び」を、小沢健二は多用するのである。得意技と言ってもいいだろう。

具体的には、以下の曲の以下のフレーズで、時制がぴょんと飛ぶ。

・《ぼくらが旅に出る理由》「♪そして毎日はつづいてく　丘を越え僕たちは歩く」
・《いちょう並木のセレナーデ》「♪やがて僕らが過ごした時間や　呼び交わしあった名前など　いつか遠くへ飛び去る」
・《東京恋愛専科》「♪それでいつか僕と君が　齢をとってからも」
・《流れ星ビバップ》「♪忘れてた誤ちが　大人になり口を開ける時」

そしてこの「時制飛び」によって、ザ・小沢健二ワールドと言える「少年性」に、「永遠性」のようなものが付与されるのだ。

《強い気持ち・強い愛》を聴きながら、ラジヲはふと考えた。「10年後、20年後、僕はこの曲を、どこで誰と聴くのだろう?」。でもそんなことは数秒後には忘れて、ラジヲは、1995年の原宿あたりを、風を切って歩いていく――。

8

途方もなく長い階段を昇って、ラジヲのこの物語も、時制が一気に飛ぶ。１９９５年から17年経った、２０１２年の4月。東京初台のオペラシティ。小沢健二コンサート「東京の街が奏でる　第十夜」。

ラジヲも年を取り、抱えるものも大きくなった。少しばかり貫禄《かんろく》も出た身体で、あの頃よりも鈍重《どんじゅう》な歩き方で、初台に向かった。

鼻歌は替え歌だ――「♪『30年前』の僕らは胸をいためて『いとしのエリー』なんて聴いてた　ふぞろいな心はまだいまでも僕らをやるせなく悩ませるのさ」

小沢健二、登場。ラジヲと同様に、年齢を積み重ねているはずなのだが、その姿や立ち居振る舞いは、《強い気持ち・強い愛》の頃と、遠目にはほとんど変わらない。ただ、長いMCの端々には、さすがに中年の感覚が潜んでいて、17年の年月を感じさせたのだが。

コンサートの完成度はとても高かった。相変わらず決して上手いとは言えないけれど、１９９５年当時を超える声量で押してくるボーカルと、複雑なアルペジオ[*9]奏法を活かしたカラフルな印象のギタープレイを、小沢健二が聴かせる。また、丁寧に編曲されたストリングスや、ベーシストの演奏も見事。
ボーダー柄の長そでTシャツを着た、いかにも「サブカル女子」がひしめく中で、そんな見事なパフォーマンスに身を委《ゆだ》ねながら、ラジヲは、あの曲を待っていた。長い階段を昇ってたどり着いたこの標高で、あの曲を聴いたら、どんな思いになるのだろう。

——♪Stand up ダンスをしたいのは誰?
始まった。ダンスをしたいのは僕だ!
——♪強い気持ち　強い愛　心をギュッとつなぐ
——♪今のこの気持ち　強く
——♪強く
——♪強く

来る！

――♪長い階段をのぼり　生きる日々が続く

来た！

ラジヲの胸に去来したのは、1990年代のあの頃のことだ。

環境の変化についていけず、でも小沢健二の音楽で自分を取り戻したあの頃。胸をいためて《強い気持ち・強い愛》なんて聴いていたあの頃。でも、ふぞろいな心は、あの頃同様、まだ今でもラジヲをやるせなく悩ませているけれど。

その瞬間、小沢健二の音楽を初めて聴いてから今までのあれこれが、頭の中を一気に駆け巡った。それは、高い標高から振り返って見える、昇ってきた長い階段の一段一段。

――♪今のこの気持ちほんとだよね

そのとき突然、ステージの小沢健二がかすんで見えなくなった。不意に涙が止まらなくなったのだ。

それはラジヲにとって、もう遠い昔のこと、あの休日出勤のとき以来のことだった。

＊1 カラオケ「ボックス」……本来の意味は、本文にもあるように、当時、近郊に建てられ始めたロードサイドにある箱型の店舗。当時の「ボックス」では、特に根拠はないが、プリンセスプリンセスを歌うのが気分である。

＊2 カラオケ「ルーム」……こちらは現在でも多く存在するいわゆる「カラオケボックス」。当時の「ルーム」では、特に根拠はないが、ブルーハーツを歌うのが気分である。

＊3 『ごっつええ感じ』……正式名称『ダウンタウンのごっつええ感じ』。1991年から1997年にかけてフジテレビ系にて放送された番組。最近いろいろと言われがちな松本人志だが、この番組における松本人志の切れ味は、掛け値なしに素晴らしかった。

＊4 FM NACK5……「エフエムナックファイブ」と読む。埼玉のFM局。

＊5 『ふぞろいの林檎たち』……山田太一脚本の傑作ドラマ。パート1が1983年、パート2が1985年に放送。両方傑作だが、どちらかと言えば、パート1の方がより傑作であり、小沢健二『愛し愛されて生きるのさ』における「ふぞろい」という引用は、パート1のことであったと、ここで勝手に結論付ける。

＊6 渋谷ON AIR……1991年に渋谷で開業したライブハウス。

＊7 TAKA-Q……カジュアルウェア・ショップ。ネーミングの由来は創業者の名字「高久」（たかく）より。

＊8 筒美京平……レジェンド。

＊9 アルペジオ奏法……分散和音。ここではギターのコードを押さえながら、弦を1（数）本ずつわけて弾くこと。

#9：みなとみらいのRCサクセション（1998kHz）

B面

大学生時代にお手伝いしていた、ＦＭ東京の深夜番組『東京ラジカルミステリーナイト』が１９８９年の３月に終わり、ラジヲとラジオの関係は、ぷっつり途切れた。「もうこれで、ラジオ番組作りと関わることなど、一生ないだろう」と思い込んだ。

それでも社会人になって、相変わらずラジオを聴き続ける日々は続いた。

阿佐ヶ谷のワンルームマンションの壁から出ている、テレビアンテナのコードに分配器を付け、その分配されたコードをオーディオのＦＭアンテナの端子と接続、室内アンテナよりもいい音でＦＭラジオを聴いていたのもこの頃。

また、相変わらずラジオ番組への投稿も楽しんでいた。音楽評論家の萩原健太[*1]がＤＪを務めるＴＦＭ『キヤノンＦＭワンダーランド』[*2]（当時すでに「ＦＭ東京」から「ＴＦＭ」に呼称が変わっていた）にファックスでメッセージを送り、景品のＣＤをよくせしめたものだった。

そうしていると、寝かしつけたはずの思いが、またムクムクと起き上がってくる――「もう一度、ラジオに出てみたい」

ＭＢＳ『ヤングタウン』に夢中になっていた小学校高学年の頃から、自分がラジオのパーソナリティになりきったトークをカセットテープに録音したという、筋金入りのラジオ好きのラジヲである。その思いは、寝かしつけても寝かしつけても、ムクムクと起き上がってきてしまうのだ。

そんな思いから、ラジヲは、『東京ラジカルミステリーナイト』の自分が出演したコーナーを、カセットテープにダビングして、周囲の人々に配っていた。20代前半にして、ラジオ出演経験があるという経歴は、当時でもそれなりのインパクトがあって、面白がってくれる人も中にはいた。

思いは通じた。１９９３年、ラジヲに突然、久々のラジオ出演の話が舞い込んだのだ。ラジオ局は「J-WAVE」。81・３MHz。

１９９０年前後の東京ラジオ界における最も大きな事件は、J-WAVEという新感覚のステーションが登場したことだった。そのインパクトの大きさたるや、「事件」という呼び方には収まらない。「革命」という方がふさわしい。

J-WAVEの戦略について当時、一般的には「More Music, Less Talk」と説明された。「トークは要らない。もっと音楽を」。確かにそれはJ-WAVEの戦略の本質ではあったものの、それだけでは「革命」など起こせない。その本質がまとっていた付加要素がさらに重要だったと思う。

「AMのようなトークなんてもちろん要らないよ。でも音楽の込み入った話もそんなには要らないんだよ。それよりも、もっと新しく都会的でファッショナブルな雰囲気でよろしくね」

従来のFMラジオが持っていた「音楽専門メディア」という性格すら、否定しにかかったのが当時のJ-WAVEで、それが奏功《そうこう》したからこそ、東京のラジオ界の勢力図を一気に変える大革命に成功したのだ。

いや、確かに音楽はかかっている。のべつまくなし流れている。ただ、その音楽は、「新しく都会的でファッショナブルな感じ」の演出要素のひとつに過ぎない。言ってみれば、「東京港区元麻布の高級マンションのリビング」が、開局早々のJ-WAVEが描き出す空間だとして、そのリビングに配置されたインテリアのひとつが音楽、という感じにラジヲには聴こえたのだ。

その結果、J-WAVEでは「バイリンガル」の「ナビゲーター」がパーソナリティを務めていた。身辺雑記を面白おかしく話すパーソナリティではなく、音楽にとことん詳しいディスクジョッキーでもなく、ナビゲーター。さらには、日本のラジオ局なのに、そのナビゲーターによるトークの大半が英語で占められるという現象が常態化していた。

ＭＢＳ『ヤングタウン』生まれ、ＦＭ東京『東京ラジカルミステリーナイト』育ち、阿佐ヶ谷在住のラジヲは身構えた。そんなJ-WAVEで、なにか話せることなどあるのだろうか。

2

と言っても、出演の形態はそれほど大層なものではなく、夕刻の番組『J'S CALLING』[*3]という番組に電話で出演し、番組企画であるミュージシャンの人気投票対決の予想をするというものだった。正直言って、音楽的知識を披露するというよりは、色物としてのパフォーマンスが求められていた（１９９３年にもなると、J-WAVEの都会的戦略もやや軟化し、色物的なコーナーもちらほらと増え始めていた）。

聴き慣れないJ-WAVE、確固たるステーションイメージに対して、身構えるところもあったので、ある程度の台本を作り、オチも考えた上で、生放送の電話出演に臨んだ。勤めていた会社の会議室を借りて、電話を待ち構えた。

企画書や資料が平場に積み重ねられた小さな会議室に外線電話が鳴る。もちろん携帯電話ではなく固定電話である。「そのままお待ちください」というスタッフに従い、固定電話を握りしめていると、ナビゲーターである、当時J-WAVEを本拠に飛ぶ鳥を落とす勢いだったクリス・ペプラー[*4]が、軽快に話しかけてくる。

「シャーデー（SADE）対バーシア（BASIA）」という、いかにもJ-WAVE的な2組について、リクエストをファックスと電話で募り、その数を比較するという企画だったと思う（Eメールがラジオ番組に使われるのは、その数年後だ）。それに対して、自作の軽薄な台本を5分ほど電話で棒読みして対応、無事オンエアが終了した。

「もう一度、ラジオに出てみたい」というラジヲの望みは、意外な形で叶った。「意外な形」というのは、『東京ラジカルミステリーナイト』のときのように、公衆の電波に無理やり割り込んで好き勝手なことを話すというよりは、求められた役割に対して、十分な準備をして、粛々《しゅくしゅく》と対応するという形だった、ということなのだが。

さらに意外だったのは、そのオンエアがなかなかに好評だったことだ。「ぜひ感謝したい」という、ありがたい申し出がスタッフからあり、外苑西通りの西麻布と外苑前の中間にあった、今はなき「モンスーンカフェ西麻布」[*5]で行われた番組の打ち上げに参加した。

さらにさらに意外だったのは、そこで交流した番組スタッフと波長がビシッと合ったこと。ラジヲは当時、あるテレビ番組のお手伝いをしていた。また雑誌への執筆も細々と続けていた。ただ「ラジオ人」には、「テレビ人」「雑誌人」にはない、ある独特の魅力があることに気付いた。

魅力のひとつ目は、個が立っていること。驚くほどの少人数で切り盛りするラジオ番組作りの中で、必然的に一人ひとりの個性や技が際立ってくる。

ふたつ目として「俺たちが大衆を啓蒙《けいもう》してやるんだ」という、特に「テレビ人」にありがちな上からの目線がまるでないこと。

そして3つ目として、なんといっても音楽好きが多いこと。J-WAVEの番組に携わっていても、シャーデーやバーシアだけでなく、レッド・ツェッペリンやはっぴいえんどについても語れる面々。

気が付いたら、何人かのラジオ人の友人が出来、一緒につるむことも多くなっていった。またラジオ出演できる確証など、どこにもなかったのだが、それでも「この連中とならば楽しいから、つるむだけでもいいいか」という気分にもなっていった。

3

FM[*6]ヨコハマのスタジオは、横浜みなとみらいのど真ん中にそびえ立つ、ランドマークタワーの中にあった。1993年に開業したこの、当時日本一高いビルは、その名の通り、横浜の「ランドマーク」として、観光客を集めていた。

ただし、そのランドマークタワーの裾野に広がる「みなとみらい」というエリアについては、経営が安定しないのか、施設が次々と入れ替わったり、また雑草がぼうぼうに茂った空き地も多かったりで、当初予定されていたほどには盛り上がっていなかった。

桜木町駅から横浜港に至る広いエリアを「みなとみらい」と名付け、ここにランドマークタワーやランドマークプラザ、大企業の本社などを誘致して活性化させようという計画が、バブル崩壊によって頓挫《とんざ》し、中途半端な形で放り出されたエリアだったのだ。

ラジヲが3週間に一度、そのみなとみらいのランドマークタワーにあるFMヨコハマを訪れるようになったのは1995年のこと。J-WAVE出演で知り合ったラジオ人仲間のコネクションで、FMヨコハマ土曜夕方『トワイライト・ナビゲーション』という番組にレギュラー出演することになったのだ。

レギュラー出演といっても、18時35分という中途半端な時間から始まる10分足らずのミニコーナー。そのためだけに毎週足を運ぶこともなかろうと、３週間に一度、同番組のオンエア前の14時半頃にランドマークタワーに足を運び、３本分まとめ録りする。

コーナーの内容は、音楽や横浜に関する小ネタを話すというもの。あのJ-WAVE出演が買われて呼ばれているので、あのときと同様、しっかりと情報や資料を集め、それをとりまとめた台本を自分で書いた。またトークの後にオンエアする曲も、自分で選ぶことにした。

たった10分足らずとは言え、ＦＭラジオに定期的に出演するという経験は格別なものだった。数年前に抱え込み、押し殺そうと思ったけれどムクムクと起き上がってきた「もう一度、ラジオに出てみたい」という思いは、十分に満たされることとなった。

ただ、出演を繰り返していくごとに、「ラジオに出る」ことの向こう側にある思いが、心の中で育まれていることに気付いた。「出演すればいい」「公共の電波に乗ればいい」などの一次欲求を超えた、もっと本質的な「二次欲求」への気付きである。

「他の誰でもない、自分しか話せないなにかを話したい」

そもそも、パーソナリティ、ディスクジョッキー、ナビゲーター……、何百何千の人間が、今日も日本中のラジオに出演している。普通に天気の話をして、普通にファックスを読み、普通に流行っている曲をかけるのであれば、自分でなくてもまったく構わない。それなら何百何千の他人の方が上手いに決まっている。

自分にしか話せないなにかがあるのか——それが問われているという、ラジオ素人としてはある種当然のことに気付いたのだ。そして、その課題をしっかりと打ち返したときに、単に出演することを超えた、もっと本質的な喜びが待っている。

だからラジヲは入念に準備をした。自宅にある資料や音源を漁《あさ》り、足りなければ自腹で購入し、場合によっては自宅のＰＣで音源を編集し、１回あたりレポート用紙２～３枚の台本を書き上げ、それを３週間に１度ランドマークタワーに持ち込み、女性パーソナリティとの対談形式で録音する。

10分足らずのコーナーの準備（とそのときのギャラ）からすれば、明らかに過剰な対応をしていることは、ラジヲにもわかっていた。ただ、そうするしかなかったのだ。

そうしないと「他の誰でもない、自分しか話せないなにかを話」せないのだから。そうしないと、ラジオに出続ける意味などないのだから。

ちなみに、ラジヲがラジオで話していたネタは以下のようなものだった。受けたかどうかは別として、たしかに当時のラジヲにしか話せないネタたち。

・演歌や童謡、コミックソングに、当時の最新リズム「ドラムン・ベース」を重ねる「あの曲も・この曲も〜ドラムン・ベース特集」

・メロディやコード進行が既存の洋楽曲に似ている最新ヒット曲のカラオケをかけて、その「原曲」を歌う「原曲リミックスカラオケ特集」

・神奈川県地元の銘柄（横浜そごう、崎陽軒《きようけん》、ダイクマ、[*7] エル商会など）[*8] のＣＭソングを、ハードロック風に歌う「神奈川銘柄ＣＭソング特集」

・まったく無関係な２曲をリミックス（マッシュアップ）して、おかしな音世界を作り出す「バカリミックス特集」

4

そのコーナーは案外好評で、１年、２年と続き、百回を超えることとなった。J-WAVE的な構成の番組が他局にも広がっていく中、音楽や横浜についてのトリビアを、毎回毎回細かく突っついていく内容には、奇妙な差別性もあったのかもしれない。

コーナーを繰り返していく中で、さらに新しい、言わば「三次欲求」とでも言うべき思いが、ラジヲの中で頭をもたげてきた。それは二次欲求よりも、さらに本質的で、かつプリミティブな「いい音楽を紹介したい」という思いだ。

マイ・フェイバリット・ソングを選曲すること。選曲したマイ・フェイバリット・ソングが、電波に乗って、神奈川エリアの隅々に広がっていくこと。その結果、「こんな曲、聴いたことなかったけど、いい曲だな」と、神奈川のあちこちで思ってもらうこと。

「自分しか話せないなにかを話すこと」は手段。「いい音楽を紹介すること」は目的。

ラジヲが中学時代に愛聴した曲に、RCサクセション《トランジスタラジオ》がある。この曲の歌詞のキモはふたつのフレーズだとラジヲは思っている。ひとつ目は、

――♪ベイエリアから　リバプールから　このアンテナがキャッチしたナンバー

時は1960年代後半、[*9]都立日野《ひの》高校の屋上、忌野清志郎少年が、授業をサボってラジオを聴いている。ラジオから、ジャニス・ジョプリンやドアーズ、ビートルズの『ホワイト・アルバム』が流れてくる。国境を越えて世界中の音楽が東京の山あいに響いてくるさまを、ヴィヴィッドに想像させる名フレーズだと思っていた。そしてもうひとつは、

――♪君の知らないメロディー　聞いたことのないヒット曲

ラジオから流れてくる音楽は、新しい音楽との出逢いを促す。それは彼女が「知らないメロディー」かもしれないし、自分自身が「聞いたことのないヒット曲」かもしれない。トランジスタラジオを握りしめ、新しい音楽と出逢い続け、心の中の音楽世界を広げながら、忌野清志郎少年が大人になっていく――。

それはラジヲの少年時代にも当てはまる。MBS『ヤングタウン』から、FM東京『東京ラジカルミステリーナイト』まで、ラジオからとめどなく溢れ出てくる「聞いたことのないヒット曲」に刺激され続けて、今、ランドマークタワーにいるのだ。

ラジヲのコーナーのピークは、1998年の夏頃だった。夏の甲子園で、松坂大輔が獅子《しし》奮迅《ふんじん》の活躍をして、横浜高校が春夏連覇をした夏だ。またその夏は、横浜ベイスターズが、38年ぶりの優勝に向かって邁進《まいしん》していた夏であり、横浜松坂屋の前の路上で歌っていた2人組ユニット「ゆず」が全国的にブレイクした夏だ。

1998年の夏。横浜ががぜん盛り上がった夏。そしてFMヨコハマで流れるラジヲのコーナーも、ちょっとだけ盛り上がった夏。

そのコーナーでラジヲがよくかけたのは、当時気に入っていた、ピチカート・ファイヴの《我が名はグルーヴィー》という曲である。

土曜日の夕方、ラジヲはオンエアを自宅で聴いている。阿佐ヶ谷から横浜の鶴見に引っ越したラジヲの部屋のチューナーから、自分の曲紹介に乗って《我が名はグルーヴィー》が流れてくる。

「はい、また飽きもせず、この曲をかけちゃいます。98年も、21世紀も、グルーヴィー、グルーヴィー!」

——♪GROOVY　世界はとてもGROOVY　うれしくなるくらいGROOVY　願いごともすべて叶う　GROOVY GROOVY GROOVY DAY

その瞬間、ラジヲの意識は、鶴見からランドマークタワーのてっぺんに飛び、横浜ベイブリッジを背に、神奈川を見下ろし、左側に箱根、箱根から右に、丹沢、相模湖、そして多摩川までを眼下に確かめる。

今、この途方もなく、呆れるほど広い面積の津々浦々に《我が名はグルーヴィー》が響き渡っている。今、自分の選曲が、このエリアに生きている少なくない人々の今を、確実にグルーヴィーにしている！

「これこそがラジオ番組に携わる喜びなんだ」――毎週土曜日の夕方、ラジヲはそんな恍惚《こうこつ》とした気分の中にいた。

5

１９９９年が明けてすぐの頃、いつもの３本録りが終わった後、日頃言葉を交わすことのないＦＭヨコハマの社員にラジヲは呼ばれた。スタジオの横にあるオフィスに向かう。土曜の夕方なので、ネクタイ組の社員はいない。そのせいか、広々と感じるオフィスのテーブルに、その社員と向かい合わせて座る。

「実は、夕方18時30分の枠にスポンサーが付いたのよ」

それまで、番組全体には地元のスポンサーが付いていたが、ラジヲが出演していた18時35分近辺の時間帯にスポンサーは付いていなかった。しかし、この春の編成替えで、あるショッピングセンターが、その18時35分近辺の時間帯のスポンサーになるのだという。

それ自体は、番組にとってありがたい話なのだが、そのスポンサー絡みのコーナーを作りたいという理由で、ラジヲのコーナーが終了となるということも、そのとき併せて明かされたのだ。

文句を言う筋合いの話ではない。ラジオもテレビも、番組と番組のあいだにCMが流れているのではなく、CMとCMのあいだに番組が流れているようなものなのだと、ラジヲは経験的に知っていた。

だから、新しいスポンサーが付くということは新しいCMが流れるということであり、新しいCMが流れるということは、その新しいCMが流れるあいだのコーナーにも影響を与えるということでもある。

正直楽しい話ではない。ただどこかで予感するところもあった。こんな、スポンサーのことを考えずに、自由にいろんなことを話せて、自由に選曲できるコーナーが、いつまでも続くはずがないと。

ゲームは終わった。

いや、終わることが決まった。厳密にはあと数回は残っている。ただそのゲームにおける逆転の可能性は、すでになくなっている。

ただ、コーナーが終わるからといって、番組作りの情熱を取り下げて放り出すのは、このゲームのルールに抵触する。そして、いつか始まるかもしれない、次のゲームのことを考えても得策ではない。

最後の1カ月、「目にもの見せてやる」と、「首洗って待ってろ神奈川県民」と、ラジヲは精一杯のことをやった。思いっきり調べて、思いっきり考え、そして、いきおい冷静に話した。今でもラスト の数回はベストの数回だったと思っている。

6

事前に録音しているので、最終回の日はランドマークタワーにはいなかった。なにかの用事があって、東京の中央区勝どきあたりを歩きながら、トランジスタラジオのイヤフォンを耳にして聴いていた。

最終回の選曲は、ＲＣサクセションの《トランジスタラジオ》。たかが10分足らずのコーナーである。この春に終わる何百何千のコーナーのたったひとつだ。お涙頂戴になってもしょうがない。湿ったバラードなど選びたくない。ロックンロールでいきたい。

「これで最後になりますが、今までありがとうございました。またいつかどこかでお会いしましょう。最後の曲は、ＲＣサクセションで《トランジスタラジオ》」

ラジオの電波に乗っているのは、これが最後かもしれない自分の声。いつもよりもくぐもった感じの声で紹介されるマイ・フェイバリット・ソング。

チャボ（仲井戸麗市）が弾くストーンズ・モードのディストーションギターに続き、転調して入ってくるのどかなサックスが、１９６０年代後半の都立日野高校に、ラジヲをタイムリープさせるような気がした。

タイムリープするような気がした。

タイムリープする気がした。

タイムリープ――した！

その瞬間、ラジヲの意識が、勝どきの路上から、本当に時空を飛び出して、数百メートルの空中に舞い上がった！

まずは、1960年代後半の都立日野高校の屋上に飛ぶ。青白く陰鬱な顔の忌野清志郎少年が、トランジスタラジオを聴きながら、缶入りのピースをくゆらせている。

そしてその屋上から、弾みをつけてさらにジャンプ。無重力に放り出されるような跳躍《ちょうやく》力で、今度は1999年春のランドマークタワーのてっぺんに舞い戻った。この風景を眺めるのももう最後だ。少し靄《もや》がかかっているけれど、神奈川県全体が手に取るように見下ろせる。

江ノ島でデートしているカップルに、箱根で佇《たたず》む老夫婦に、丹沢でハイキングする家族連れに、相模湖でバーベキューをしている大学生たちに、川崎の工場で働いている工員たちに――縦横無尽に神奈川の空中を跳ねながら、神奈川の一人ひとりに、ラジヲは《トランジスタラジオ》を届けていく。

――♪君の知らないメロディー　聞いたことのないヒット曲

7

50歳を超えた頃、当時のラジオ人たちとラジヲとの交流は途絶えていた。「今でも彼らはラジオ業界の中でがんばっているのだろうか」と、ラジヲはしばしば思い出した。

当時、ラジオ界にも多少の動きがあって、スマホで聴けるようになったり、タイムフリー機能が登場したりと、一見賑《にぎ》やかなのだが、老いぼれ始めたラジヲにとってラジオ界は、良くなっているようにも悪くなっているようにも思えなかった。

忌野清志郎は、２００9年の5月2日、若くしてこの世を去った。享年58。それからというもの、「キング・オブ・ロック」などと、過剰に持ち上げられ、過剰に神格化される反面、彼の「NAUGHTY BOY」としてのピュアな側面がピュアに語られる機会が少なくなっているのではないかと、ラジヲは思っていた。

そして、できれば、もう一度時空を超えて、ランドマークタワーのてっぺんに飛び乗って、あの、《トランジスタラジオ》を爆音で鳴らしてみたいと思ったりもするのだが――思った瞬間、すぐに諦めてしまっていた。

ランドマークタワーのてっぺん以前に、ＦＭヨコハマで話していた頃にはまだなかった、地下鉄みなとみらい線・みなとみらい駅の階段を駆け上がるだけで、息が切れてしまうような体たらくなのだから。

＊１　萩原健太……音楽評論家。読売ジャイアンツのファン。
＊２『キャノンＦＭワンダーランド』……TOKYO FMで日曜23時から放送されていたラジオ番組。ラジヲ（スージー鈴木）は、この番組にせっせとメッセージを送り、ノベルティのＣＤをせしめていた。
＊３『J'S CALLING』……当時J-WAVEの平日夕方に放送されていた、J-WAVEにしてはバラエティ色の濃い番組。
＊４　クリス・ペプラー……「ミスターJ-WAVE」的な存在。
＊５　モンスーンカフェ西麻布……外苑西通り、西麻布と青山三丁目の間にあったエスニックレストラン。２０１２年に閉店したとのこと。少々寂しい。
＊６　ＦＭヨコハマ……神奈川のＦＭ局。１９８５年開局。思いつくＤＪ／パーソナリティは、南夏々子、桑田真紀、柴田あずさ、「藤田くん」。
＊７　ダイクマ……神奈川県を中心に「ダイナミック・ディスカウント」で知られたディスカウントストア・チェーン。
＊８　エル商会……神奈川県を中心にチェーン展開していた家電量販店。２０００年に自己破産。２０１３年、ヤマダ電機に吸収合併された。
＊９　都立日野高校……忌野清志郎と三浦友和と、アンジャッシュと、千葉ロッテマリーンズ・佐々木千隼の出身校。

＃10：川崎駅前の加藤和彦（2005kHz）

B面

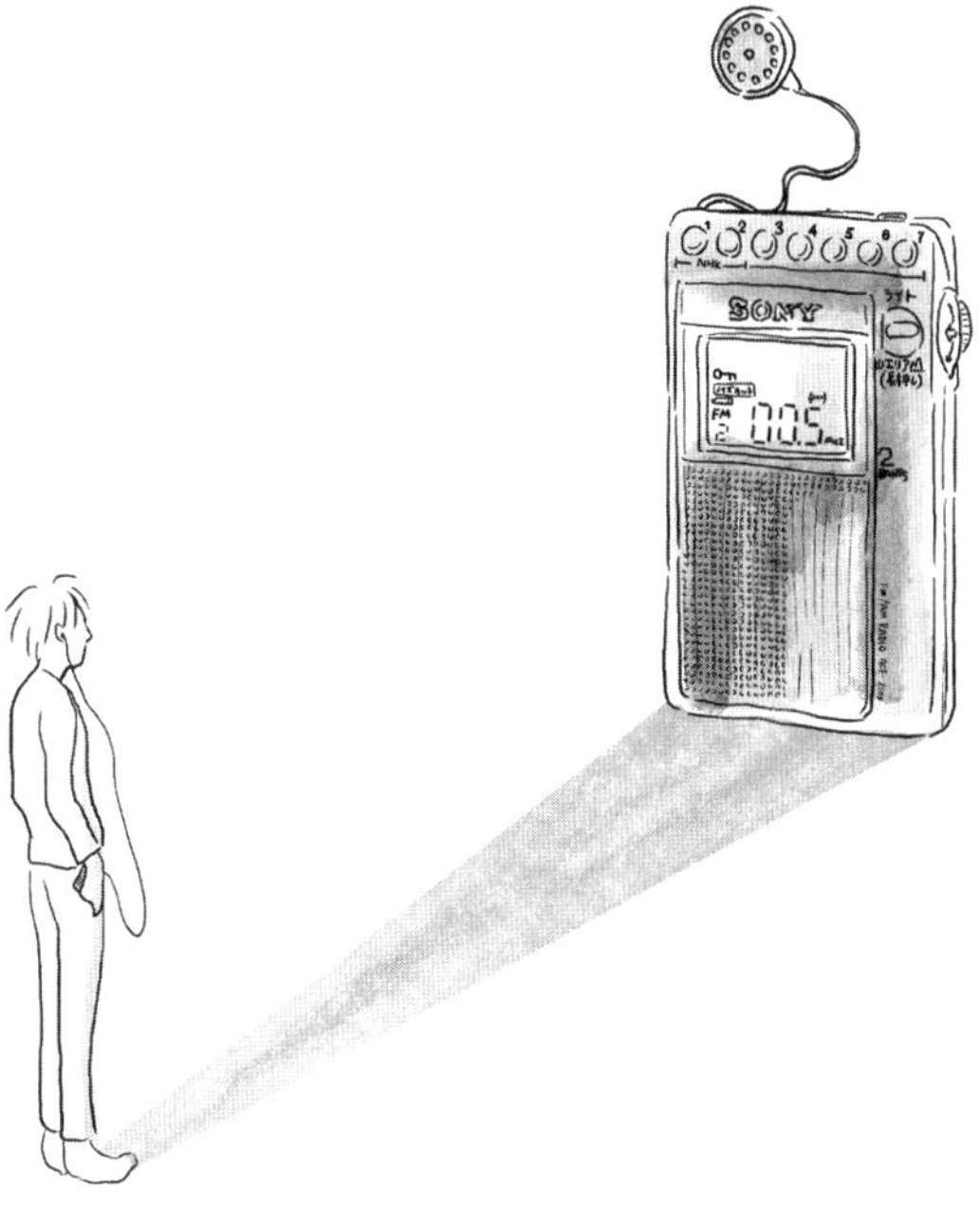

—

２００５年の2月、ラジオ好きの少年だったラジヲは、少年という年齢を大幅に上回って、もう39歳になっていた。その39歳が、川崎駅前の歩道で涙を流して座り込んでいる。端から見れば異様な光景だったろう。

ついさっき観た映画があまりに感動的だったのだ。涙は、その感動の涙である。映画のタイトルは——『パッチギ！』*1。

今でもラジヲは、この映画をライフタイム・ベストだと思っている。舞台は１９６８年の京都。日本人の男子高校生が朝鮮高校の女の子に恋をすることから始まるダイナミックなストーリー（加えて、塩谷瞬、高岡蒼佑、沢尻エリカ、小出恵介という出演陣のその後もなかなかにダイナミックなのだが）。もちろん、展開の底辺をなすのは、当時の日本における在日コリアン差別の問題である。

ストーリーも抜群だったが、音楽も輪をかけて素晴らしかった。

ストーリーのキーとなる楽曲はザ・フォーク・クルセダーズの《イムジン河》。言うまでもなく、朝鮮半島の南北分断をテーマにしたことで、当時シングル盤が発売中止となったあの曲だ。

加えて、ドラマティックなエンディングを盛り上げるのは《あの素晴しい愛をもう一度》。こちらは当時再結成されたフォーク・クルセダーズの新録バージョン。そしてこの映画の音楽監督を担当したのも、加藤和彦。

そう。この『パッチギ！』は、加藤和彦の映画でもあったのだ。映画の舞台である京都から飛び出し、音楽を超えたカルチャー・ヒーローとして、日本中を席巻した3人組＝フォーク・クルセダーズ（加藤、北山修、はしだのりひこ）の音楽面でのリーダー。その後もシンガーやコンポーザーとして、長く活躍し続けた音楽家。

川崎駅前の映画館＝チネチッタを出ても、感動が胸の中で増幅してくる。身体は震え、鼻の先がツーンとして、涙が溢れてくる。こんな映画は初めてだ。

そして、その感動には、映画だけでなく、加藤和彦に対するラジヲの個人的な思い入れも少しばかり加点していた。今回は、この『パッチギ！』の感動に至る、ラジヲと加藤和彦のパーソナルストーリーである。

2

オープンリールテープ[*2]から聞こえてくるのは、まだ幼いラジヲが、大阪万博のシンボル＝太陽の塔について話している声なのだから、おそらく1970年のことだろう。ラジヲが4歳の頃。

ここは大阪にあるラジヲの実家。母親が、当時まだ珍しい、オープンリール式の家庭用テープレコーダーを買ってきたのだ。家族のみんながマイクを持って面白半分で、勝手なつぶやきをテープに録音して楽しんでいる。

母親はア・カペラで歌を吹き込んだ。歌は、はしだのりひことシューベルツの《風》。フォーク・クルセダーズのメンバーだったはしだが、解散後結成したシューベルツで放った大ヒット曲である。

――♪人は誰もただ一人旅に出て　人は誰もふるさとを振り返る

母親は当時30代前半。当時としては立派な大人で、《風》のような若者向けフォークソングを歌う年齢ではない。それでも歌詞が自然に出てくるくらいに、この曲に親しんでいたのは、母親が中学校の教師だったことが影響しているだろう。

政治的な大学生に特化して盛り上がった岡林信康らの「反戦フォーク」[*3]とは違い、フォーク・クルセダーズや、《風》など解散後のメンバーによる歌は、年齢的にも思想的にも、より幅広い若者たちに支持されていた。おそらく大阪の公立中学校でも、《風》を含む、フォーク・クルセダーズ一派の曲が、広く歌われていたのではないか。

・はしだのりひことシューベルツ《風》／作詞：北山修、作曲：端田宣彦（はしだのりひこ）、69年1月発売
・ベッツイ&クリス《白い色は恋人の色》／作詞：北山修、作曲：加藤和彦、69年10月発売
・加藤和彦 北山修《あの素晴しい愛をもう一度》／作詞：北山修、作曲：加藤和彦、71年4月発売

これら、フォーク・クルセダーズのOBたちが手がけたヒット曲は、当時4歳前後だったラジヲの記憶にも、リアルタイムで残っている。共通点は、シンプルなコード進行のギター伴奏と、一点の曇りもない清潔な歌詞。

後に加藤和彦に傾倒《けいとう》したラジヲは、フォーク・クルセダーズの解散コンサートの音源や、数少ないテレビ出演時の映像に後追いで触れた。そのとき確かめたのは、柔和《にゅうわ》な笑顔で音楽に向かっている「音楽が楽しくって仕方ない！」といった感じの加藤青年だった。

１９７０年、ラジヲの母親が《風》を歌っていた頃、テレビでは、ヒッピー姿の加藤和彦が銀座の舗道を歩く奇妙なＣＭが流れていた。加藤の手には「BEAUTIFUL」と書かれた紙。コピーは「モーレツからビューティフルへ」[*4]。

それは、加藤和彦が最もビューティフルだった時代――。

3

それから約10年経った１９８０年。ラジヲは中学生になっている。後に触れるサディスティック・ミカ・バンドなど、リアルタイムではまったく知らなかったラジヲが、加藤和彦と再会したのは、フジテレビ系で金曜夜に放映されていた『アップルハウス』[*5]という番組だった。

その番組の司会は加藤和彦と竹内まりや。この頃すでに加藤は、作詞家の安井かずみと結婚しており、作詞・作曲の夫婦コンビで、竹内まりやに《不思議なピーチパイ》などを提供していた。

さらに印象的だったのは同年に、そのコンビでYUKIに提供した《ドゥー・ユー・リメンバー・ミー》である。60年代ポップスとニューウェーブサウンドが見事に融合した傑作。ちなみにYUKIとは、女優／タレントとして知られていた岡崎友紀のこと。

ラジヲにとって、当時の加藤和彦は「ニューウェーブ」の人というイメージだった。当時愛聴していたヒカシューや大貫妙子、スネークマンショー[*6]に絡んでいたことも「ニューウェーブ」な印象を強めた。だから、うっすら憶えている《あの素晴しい愛をもう一度》の人と同一人物だとは信じにくかった。

ただ、その「ニューウェーブ」の椅子取りゲームでは、やや端っこに押し出されている感じもした。真ん中の3席に堂々と座っているのが、細野晴臣、坂本龍一、高橋ユキヒロのイエロー・マジック・オーケストラ（YMO）だ。特に細野晴臣は、「ニューウェーブ」や「テクノポップ」、ひいては「1980年」という椅子取りゲームの最終勝者に見えた。ど真ん中に脚を広げて座っていた。

実はこの加藤和彦と細野晴臣は、1947年（昭和22年）生まれの同い年。しかし当時のラジヲには、時代の寵児《ちょうじ》である細野晴臣に対して、加藤和彦はかなり年上に見えた。音楽業界の古株が、無理して若ぶって「ニューウェーブ」の椅子を取りにきているようにも見えた。もちろんその頃のラジヲには、加藤と細野の独特な人間関係など知る由もない。

「無理をして時代に合わせている人」――ラジヲは、そう書いたポストイットを、脳内にある加藤和彦の肖像に貼り付けた。

4

1984年のラジヲは高校3年生。秋の文化祭でラジヲは、フォーク・クルセダーズの曲のピアノ伴奏をすることになった。曲は《イムジン河》。在日コリアンの同級生女子とその友だちが、チョゴリを着て《イムジン河》を歌うので、伴奏をしてほしいとお願いされたのだ。

大阪は在日コリアンがとても多い街である。また1984年頃の大阪の府立高校には、在日コリアンの問題や、その他政治的なテーマを取り上げるリベラルな空気がまだ残っていたこともあり、文化祭というハレの場で、そのようなコーナーが用意されていた。

講堂のピアノは、くたびれたアップライトピアノだ。ピアノに向かうラジヲの背中の側に指揮者がいる。なので、目の前にあるピアノの板の部分をハンカチでゴシゴシとよく拭いて、そこにうっすら映る指揮者を見て演奏する。

キーはE♭。コードを弾くだけなので、それほど難しくはない。板に映る指揮者に合わせて、歌詞もしっかりと味わいながら、余裕を持って演奏する。

歌詞の舞台は、朝鮮半島を南北で分断する「臨津江」（＝イムジン河）。歌詞の主人公は人ではなく「水鳥」だ。人は決してイムジン河を越えて行き来が出来ない。しかし鳥は自由に南北を往来できる。あの鳥のように私も、南の祖国に帰りたい――という内容。

その鳥は、歌詞の中でこのように表現される。

――♪飛びゆく鳥よ　自由の使者よ

「自由の使者」。この言葉は妙に印象的である。そして、舞台の上で、朗々《ろうろう》と歌われるこの言葉を聴いて、18歳のラジヲは、加藤和彦のことに思い至るのだ。こんなにデリケートなテーマの歌を軽やかに歌い上げた加藤和彦は、日本の音楽界における「自由の使者」だったのではないか、と。

おそらく在日コリアンの同級生は、自らの出自や、家族の歴史のことを考えながら、複雑な思いで《イムジン河》を歌ったのだろう。その歌を背後で聴きながらラジヲは、最近あまり活動を聞かない加藤和彦のことを考えていた。

5

ラジヲの人生で、加藤和彦がぐっと前に出てきたのは、1986年5月のこと。ラジヲは東京の大学生となり、いくつかのロック雑誌で絶賛されていた、加藤和彦率いるサディスティック・ミカ・バンドのアルバム『黒船』のLPを手に入れてからである。

まずは『黒船』と、はっぴいえんど『風街ろまん』を聴かないと、なにも始まらない。まだ慣れない東京の街角をうろうろ歩きながら、ラジヲはそう決意していた。『風街ろまん』は大学の生協で入手済み。そして『黒船』は、当時品揃えがナンバー1と言われた、秋[*7]葉原・石丸電気のレコード売場で買うことにした。

初めて降り立った秋葉原は、現在とはまるで違う、まだ戦後の匂いが強く残っているところだった。その中で目立っていた石丸電気のビルに向かい、とてつもなく大きいものの、きめ細やかに仕分けされたレコード棚を探す。するとご丁寧にも、「サ行」にひとくくりにされているのではなく「サディスティック・ミカ・バンド」の棚があり、伝説のアルバムは容易に見つかった。

ミカ・バンドの6人＝加藤和彦とその妻だったミカに加えて、高橋幸宏、高中正義、小原礼、今井裕が、空を飛んでいるジャケットからして素晴らしい。そそくさとレジに持っていき、ポスターをくれるというので、ミカ・バンドとはまったく無縁の女性アイドルユニット＝「ポピンズ」のポスターをもらい、溝ノ口の下宿にいそいそと帰宅、さっそく針を落とす。

その後ラジヲは、さまざまなアルバムに、聴いたそばから圧倒されることになるが、『黒船』の衝撃は、その中でも特別なものだった。『風街ろまん』がジワジワ来る持久走的な衝撃だったすれば、『黒船』は一気に来る短距離走だった。

一発で圧倒された。圧倒された勢いで、その日のうちに二発目・三発目もくらってしまい。身体がボロボロになった感じがした。

「加藤和彦のファンになろう」――そう思った。最近の活動はしっかり追っていないけれど、この人は、日本ロック史の中では最大のキーパーソンの1人だ。この人を追わずして、日本のロックは語れないのではないか。もしかしたら1970年前後の「ビューティフル」な加藤和彦の残像も、少しばかり影響していたのかもしれないが。

それからミカ・バンドの音源はもちろん、ソロアルバムなども可能な限り取り寄せ、さらには、加藤和彦・安井かずみ夫妻がその優雅な生活を語る『ワーキングカップル事情』（新潮文庫）という、木造アパートに1人暮らしのラジヲには最も無関係な本まで無理して読んで、クラクラしながら大学生活を過ごすこととなる。

6

そんな中聞こえてきたのが、サディスティック・ミカ・バンドが再結成するというニュースである。『黒船』のメンバーから、加藤和彦と離婚したミカと今井裕以外の4人に桐島かれんを加えた5人で、１９８９年の春にアルバムをリリースし、コンサートを行うというのだ。

これは盛り上げなければいけないという使命感が芽生えた。自分が愛する、あのレジェンド・加藤和彦が、久々にメジャーシーンに出てくるのだ。応援しないわけにはいかない。そう考えて、有志とともに、ミカ・バンド再結成を盛り上げる会のようなものを立ち上げ、情報を交換し合い、実際にミニコミのような冊子も発行した。

大学4年生になってすぐの1989年4月。待ちに待ったアルバム『天晴《あっぱれ》』が届いた。『黒船』のあの衝撃から3年、さぁ、どんな音が出てくるのか。この時期には、さすがのラジヲの部屋にもCDプレイヤーがあった。早速トレイに入れて再生ボタンを押す。

あれ？

正直なところ、ラジヲは落胆した。なんだろう、この中途半端に今っぽい音は？　なんだろう、半熟の若い才能がエキサイティングにぶつかり合った『黒船』とは違う、成熟した大人が席を譲り合って、棲《す》み分けているような音は？

千葉県浦安にあった東京ベイNKホールで行われた再結成ライブ『天晴』にも足を運んだ。

舞台から10列目くらいの、とてもいい席で見たのだが、音への感想は変わらなかった。印象的だったのは、ミカの代わりにメインボーカルを担当した桐島かれんがノーブラだったことくらいだ。

再び落胆し、動揺した浦安からの帰り道、大阪からわざわざやってきたミカバンド・ファンの有志が泊まっている九段下のホテルに潜り込み、『天晴』とその夜のコンサートの感想を、夜を徹して語り合ったのも懐かしい。

――♪The dream is over The Game is over

アルバム『天晴』の中の《暮れる想い》という曲のエンディングで、加藤和彦はこう歌った。「もう俺の時代なんか終わったんだよ、過剰な思い入れなんてよしなよ」と諭《さと》されているように、ラジヲには聴こえた。

7

加藤和彦に過剰に思い入れた大学生活を終え、少し冷めながら会社員となり、加藤のことを横目で見ながら十数年の時が経った。そして、映画『パッチギ！』の感動からも時を経た2009年の10月16日――。

加藤和彦は軽井沢のホテルで自ら命を断ったのだ。首吊り自殺だったという。享年62。

ラジヲは、街中を歩いていたときにポケットサイズのラジオで聴いたニュースで、この情報を知った。意外なことに涙はまるで出てこなかった。鼻の先がツーンとする感覚すらなかった。ただ虚無《きょむ》感だけが身体の中を通り過ぎた。

しかし、死の約2カ月後に発売された『加藤和彦　ラスト・メッセージ』（文藝春秋）という本に掲載された遺書を読んで、ラジヲは、自らの感情が急激に昂《たかぶ》っていくのを感じた。

遺

今日は晴れて良い日だ。こんな日に消えられるなんて素敵ではないか。私のやってきた音楽なんてちっぽけなものだった。世の中は音楽なんて必要としていないし、私にも今は必要もない。創りたくもなくなってしまった。死にたいというより、むしろ生きていたくない、生きる場所がない、と言う思いが私に決断をさせた。

どうか、お願いだから騒がないで頂きたいし、詮索もしないで欲しい。ただ、消えたいだけなのだから…

平成二十一年十月十六日
加藤和彦

現場の方々にお詫びを申し上げます。面倒くさいことを、すいません。ありがとう。

なんだよ、それ！

あれだけ思い入れた加藤和彦から邪魔《じゃま》者扱いされた気がした。直接指をさされて「しっしっ、あっち行け」と疎《うと》んじられた気さえした。

「世の中は音楽なんて必要としていないし、私にも今は必要もない」と書いたのは、「音楽が楽しくって仕方ない！」という感じの、あの20代の加藤和彦と、本当に同一人物なのだろうか？

しばらくして、隠されていた情報が、次々と明らかになっていった。自害する前の加藤和彦がうつ病を患っていたらしいことや、借金を抱えていたこと、1994年、先に旅立った妻・安井かずみとの夫婦関係も、加藤の浮気などもあり、円満なものではなかったことなど。

夫婦関係に対する冷徹《れいてつ》な論評の極めつけは、安井かずみの友人である加賀まりこが自著『純情ババァになりました。』（講談社文庫）で書いた、桁外《けたはず》れにスノッブな価値観で塗り固められた2人の夫婦生活を揶揄《やゆ》する一言——「素敵の自転車操業」。

8

加藤和彦が鎧《よろい》のようにまとっていた虚飾《きょしょく》が、次々と、メリメリと剥《は》がされていく。虚飾を剥いだ後に見えてきた生身の加藤和彦のことを丹念に追いながら、ラジヲが感じたことのひとつは、20代で才能のピークを迎えた人生の不幸についてである。

ラジヲが惹かれたのは、加藤和彦の長いキャリアの中でも、その初期であるフォーク・クルセダーズ〜サディスティック・ミカ・バンドの時期であり、それはつまり20代の加藤による作品群である。

安井かずみと出会い、スノッブな価値観の煙幕《えんまく》を張りながらの、ソロアルバム作りや楽曲提供、ミカ・バンド再結成（桐島かれんに続いて、木村カエラとの再々結成もあった）、フォーク・クルセダーズ再結成、坂崎幸之助との「和幸」[*8]などは、加藤和彦の音楽人生としては大半をなすものの、ラジヲにとっては正直、加藤和彦の「余生」のように見えた。

30代以降の加藤和彦の活動がそれだけつまらなかった、というよりは、20代の加藤の活動が、それだけ充実していたということだ。そんな20代と30代以降のあからさまな段差に、加藤本人も気付いていたことだろう。

20代で華々しいピークを迎えた才能が、30代以降に見続けた景色とは、どのような感じだったのか、ラジヲにとっては見当も付かない。それでも、その景色を想像しながら、20代ではなにも成し得なかった自らの凡人としての人生に、初めて感謝をしたものだ。

もうひとつ、ラジヲが感じたのは細野晴臣との微妙な関係である。

華々しい20代を終えた頃に頭角を現してきた加藤和彦の同級生。機《き》を見るに敏《びん》、新しいもの好きの加藤和彦が、なにかを追い始めたとき、その前には必ず細野晴臣がいた。そして時代は1970年代から80年代に移り変わり、スポットライトの光線は、自分から細野の側に、すっと横移動した。

いろいろな資料によると加藤和彦は、はっぴいえんどのファーストアルバム（通称『ゆでめん』）を発売後すぐに激賞していたようだ。また細野晴臣を一時期ミカ・バンドに呼んだり、また何枚かのソロアルバムでもバックを任せたりしている。

そして最後のアルバムとなった「和幸」名義の『ひっぴいえんど』（09年）はタイトルからしてはっぴいえんどのパロディとなっていて、曲名も《タイからパクチ》（はいからはくち）、《ナスなんです》（夏なんです）、《あたし元気になれ》（あした天気になあれ）と、はっぴいえんどの曲名の駄洒落《だじゃれ》になっていた。

何度も何度も心の中で、細野晴臣と自分を見比べたのではないか。80年代の細野と70年代を引きずっている自分、東京発の細野と関西を引きずっている自分、デジタルな細野とアコースティックを引きずっている自分――「なぜ俺はいくつもの余計なあれこれをズルズルと引きずっているのだろう！」などと。

自害の真の原因など正確には知る由もないものの、20代に「自由の使者」として鳥のように高く羽ばたいた加藤和彦が、30代以降、あれこれと思い悩みながら、徐々に高度を下げていったこと、景色がどんどん下の方に、荒涼《こうりょう》とした地面に向いていったことが、ラジヲにはなんとなく想像できたのだ。

9

しかし、そんな衝撃的な最期から数カ月経った頃、安井かずみが書き、加藤和彦が歌ったある曲の歌詞にラジヲは心を奪われる。それは、1979年発売のソロアルバム＝『パパ・ヘミングウェイ』に収録された《レイジー・ガール》という曲だ。

20代の加藤和彦を偏愛《へんあい》するラジヲにとって、30代以降のソロアルバムは正直しっくりとこなかったし、また一部のジョン・レノンのファンがオノ・ヨーコを批判したのと同じく、加藤和彦を「素敵の自転車操業」の方向に変えてしまった(ように見えた)安井かずみにも、ちょっとした敵意のようなものを抱いていた。

しかし、この《レイジー・ガール》の詩情溢れるフレーズを見たことで、安井かずみはもちろん、30代以降の加藤和彦に対する厳しい見方を、少しは緩めてみてもよいのではという気になったのだ。

——♪海に人生を教わり　風に歌を習う　いつの日にか愛から涙を知る

この歌詞を知ったきっかけは、2010年の2月に発売されたムック『文藝別冊　追悼特集　加藤和彦　あの素晴しい愛をもう一度』(河出書房新社)の中の、映画監督・岩井俊二のコラムである。岩井は、加藤和彦と「何度も会う機会があった」ものの、この詞を「どれだけ愛しただろう、というようなことを一度も言う事ができなかった」と書いている。

この歌詞を確かめて、ラジヲは前年の自害から抱えていた感情の昂りが、すーっと落ち着いていくのを感じた。そして、約40年にもわたる、加藤和彦に対する自分の愛憎の振れ幅すら、客観視できるようになったのだ。

――加藤和彦に人生を教わり　加藤和彦に歌を習う　いつの日にか加藤和彦から涙を知る。

そしてこの優しい言葉と加藤和彦の思い出を抱いて、これからの人生を生きていこうと決めた。40を超えても、50を超えても、若き加藤和彦のように、もっと自由に、ずっと自由に。

――飛びゆく加藤和彦よ　自由の使者よ。

なぜなら、20代がまるっきり平凡な人生だったラジヲ。ピークはまだまだこれから、と信じていたのだから。

＊1『パッチギ！』……2005年公開、井筒和幸監督の傑作映画。60年代後半の京都を舞台とした在日コリアン女子と日本人男子との恋愛を描く。残念ながら、続編の『パッチギ！ LOVE&PEACE』がやや食い足りなかった。もし続編も傑作ならば、シリーズとして、さらに高い世評を得ただろう。

＊2 オープンリールテープ……カセットテープの大きい版。さすがのラジヲ(スージー鈴木)も取り扱い方がわからない。

＊3 反戦フォーク……ボブ・ディランなどの影響を受けて、当時、主に関西の大学生の間で盛り上がった、戦争反対へのメッセージを込めたフォークソングのことを指す。

＊4 モーレツからビューティフルへ……富士ゼロックスが1970年に展開した広告キャンペーンのコピー。CMではヒッピー姿の加藤和彦が拝める。

＊5『アップルハウス』……1980年から翌年にかけて放送されたフジテレビ系の音楽番組。土曜19時30分から。司会は加藤和彦と前年デビューの竹内まりや。

＊6 スネークマンショー……桑原茂一、伊武雅刀、小林克也によるコントユニット。イエロー・マジック・オーケストラ（YMO）のアルバム『増殖』で一躍有名に。

＊7 秋葉原・石丸電気のレコード売場……「あれほどレコードが探しやすい店はなかった」と、今でもレコードマニアが溜め息をつきながら回顧する店。

＊8 和幸……「かずこう」。2人の名前＝加藤「和」彦と坂崎「幸」之助からつけられた(と思われる)。偶然、映画『パッチギ！』の監督＝井筒「和幸」と同じ綴り。

＃11：ふたたびの早稲田と山下達郎（2018kHz）

B面

―

2018年の1月8日は「成人の日」で休日。小雨の降る寒い朝、ラジヲは早稲田大学の早稲田キャンパスにいた。1人ではない。小学6年生の息子と2人で来たのだ。

今や各地に多くのキャンパスを持っている早稲田大学だが、その中でも早稲田キャンパスは、大隈《おおくま》講堂の正面に位置する、言わば早稲田の本丸のようなキャンパスである。またラジヲにとっては、学生時代に通っていた懐かしい場所でもある。

休日の朝なのだから、大学のキャンパスなど閑散《かんさん》としているはず。だがこの日は、途方もない数の親子連れがひしめいていた。なぜなら、全国規模で学生を募集する、ある私立中学の入試が行われていたからだ。

一般に私立中学の入試は2月の頭に実施される。しかし、いくつかの私立中学がこのような「1月入試」を実施し、2月の本番に向けて腕試しをしたい小6が、こぞって受験するのである。特にこの日は、早稲田キャンパスが親子連れでひしめくほどの大規模な入試となっていた。

ラジヲの息子もそのくちだ。だが、腕試しといっても受験は受験。それなりに緊張しているようで、終始無言のままで、入試会場となる15号館の入口を見つめている。開場。拡声器を持った係員が言う。

「はい、開場します。この入口より先は、受験されるお子さんしか入れません。受験されるお子さんしか入れません」

まなじりを決して、ラジヲの息子が15号館入口の方にずんずんと向かっていく。他の受験生も同じように向かっていく。残されるのは、傘を片手に、子供を見送ることしか出来ない親たちだ。

その瞬間ラジヲは、なんとも言えない気持ちになった。

おそらく周囲の親たちも同じような心持ちだったのではないか。いろいろな感情のあれやこれやが一緒くたになった心持ち。唯一はっきりとしているのは、ラジヲがそんな心持ちになったのは生まれて初めてということだ。

そんな心持ちになった理由が、ある音楽とともに解き明かされるのは、約5時間後、小雨が上がった昼のことである。

2

付き添いの親は、入試が行われているあいだ、まるですることがない。仕方なくラジヲは、入試が終わるまで、かつて自らが通っていた早稲田キャンパスをウロウロしてみようと思った。

学生数はべらぼうに多く、その上狭かった。大学時代の早稲田キャンパスについてラジヲが思い出すのは、そんな狭いところに、学生がひしめき合っている春の風景や、ひしめき合うのに疲れ、1人、2人とドロップアウトし始め、徐々に閑散としてくる秋の風景である。

「優」の数を競う一部の優秀な学生、ドロップアウトして単位を諦める学生、その中間、明確な意志や思想のない大多数の学生。ラジヲは3つ目のグループに属していた。

とりあえず当初、授業には出席するものの、徐々に欠席が多くなり、それでもテスト直前には、どこからか回ってくるノートのコピーを必死に暗記して、単位だけは取得するという、どこにでもいるありふれた学生の1人だった。

それでも、ひとつだけ個性があったとすれば、人並み外れた音楽好きだったということだろう。

15号館を背に、7号館の方に向かう。そこは、ラジヲの学部の授業が最も多い、言わばホームグラウンドのような建物だった。しかし、この7号館に足繁く通ったのは、授業のためだけではない。ここに「視聴覚室」があったからだ。

3

「視聴覚室」には、新旧・洋邦取り混ぜた数多くのレコードやCDが取り揃えられていた。カタログのような書類から、聴きたいアルバムの番号を紙に書いて係員に手渡し、ブースに座ってヘッドフォンを着けて、お目当ての音源を聴くことが出来る。

この施設を見つけたのが大学3年生、1988年のことだ。それからというもの、授業の空き時間となる水曜日の3限目には、必ずここを訪れて、さまざまなアルバムを愉しんだ。

通っているうちにラジヲは、水曜日の3限目、1週間のちょうど真ん中となるタイミングに、窓から差し込む日差しを浴びながら、うっとりと聴くのに最高のアルバムを見つけたのだ。

山下達郎『SPACY』。

1977年に発売されたソロとしてのセカンドアルバム。ニューヨークとロスアンジェルスでの海外録音、まさに鳴り物入りという感じで派手派手しく作られたファーストアルバム『CIRCUS TOWN』の反動で、経費も切り詰められた中、国内のスタジオにおいて、好きなメンバーと一緒に、手作りで作られた家内制手工業的アルバム＝『SPACY』という対比。

特に山下達郎が、吉田美奈子と2人だけで練り上げた音源がメドレーのようになっている「B面」が良かった（LPで聴いていた）。具体的には、《アンブレラ》《言えなかった言葉を》《朝の様な夕暮れ》《きぬずれ》の4曲だ。

ある秋晴れの日のこと、昼下がりの陽気が窓から忍んでくる視聴覚室。A面はウトウトしながら通り過ぎるのだが、B面になると目がシャキっと冴える。そして、心を落ち着かせ、目を閉じて、4曲を迎え入れる。若き山下達郎が歌う1音1音・1文字1文字を、しっかりと捉えながら聴き込む。

すると、あるひとつの考えが浮かんできた――この『SPACY』の頃、20代の山下達郎は、自分の手と声と身体で、自分しか創り得ない音を創り出していた。じゃ、同じく20代の自分は、こんなところでウトウト・ウジウジしているままでいいのか？　そんなことを言っているあいだに、もう就職活動が始まってしまうぞ。

その瞬間、今まで気付かなかった、いや、気付いていたけれど気付かないフリをしていた自分の未来への不安と焦りが、この視聴覚室で剥《む》き出しになったのだ。剥き出しになるきっかけは『SPACY』のB面の4曲だ。そしてラジヲは、あることを決意して、7号館の斜向かいにある図書館に向かう――。

――そんな秋の日のことを思い出しながら、30年後、2018年のラジヲも、小雨の中、図書館の方にゆっくりと向かった。

4

30年前のラジヲが、いつかはやらねばと思い続けていたことは、早稲田大学の図書館で、原稿用紙を広げて、なにかを書くことだった。

[*1]田中康夫の影響だった。この頃ラジヲは、１９８１年に大ブームとなった田中康夫の小説[*2]『なんとなく、クリスタル』を、遅ればせながら愛読していた。そして、田中康夫がこの小説を、一橋大学の図書館で書いたというエピソードを知り、真似をしたくなったのだ。

本当に書きたいものは小説だった。モデルやミュージシャンが主人公の『なんとなく、クリスタル』の対極となる、自分のような普通の学生が主人公の小説。学生運動とも六本木のディスコとも無縁で、でも、だからこそ、その当時のありふれた学生を包み込んでいた、ありふれた時代の空気がぷんぷんする小説を。

しかし当時のラジヲに小説を書き切れる自信などなかった。そこで、どこに掲載する予定もない音楽評論を書くことにした。

テーマは沢田研二。当時、第一線から少し外れた感じになっていた沢田研二の凄みを書きたい、書いて、どこかに発表して、それが反響を得た結果として、できればもう一度ヒットチャートを賑わせる存在になってほしいなどと、勝手に思ったからだ。

沢田研二のデビューから現在まで、特に１９８０年代前半の佐野元春や伊藤銀次、後藤次利、大沢誉志幸ら、若き音楽家とのコラボレーションのことを書いた。そして最後、沢田研二が今やるべきことは、ブルーハーツとのコラボレーションだ、と結論づけた。

デビューから約20年、ちょうど40歳となった沢田研二が、再度攻撃的なスタンスで音楽活動を進めるには、当時、新進気鋭・才気煥発《かんぱつ》、ブルーハーツの甲本ヒロトと真島昌利のエネルギーが必要なのではないか、という論旨。

気が付けば、原稿用紙20枚を超える「論文」になっていた。乗りに乗っていたせいで、4限目の授業に出るのをすっかり忘れていた。でも授業よりなにより、大学3年生、就職活動を翌年に控えた自分がやるべきことは、『SPACY』のB面に感化されて、田中康夫のように図書館にこもり、沢田研二について書くことだ、と自信を持って断言できた。

「論文」はその後、どうしたのだろう。どこかに掲載された記憶もないので、おそらく書いたまま放置されたのだろう。それでも、あてのない原稿を一心不乱に書くエネルギー、その無駄さと無謀さが、今となっては強烈に愛おしく感じる。

——30年前のことを懐かしみながら、2018年のラジヲは、7号館と図書館の中間にある大隈重信像のあたりに立った。次に向かうのは3号館だ。

5

7号館もそうだが、3号館もかなり変わってしまった。なんだか今様のインテリジェントビルのような感じになってしまい、当時の面影はほとんどなくなっている。

3号館で思い出すのは、大学1年生の頃のこと。入学して2年間は教養課程ということで、高校時代までのようなクラスに分けられ、そのクラス単位で、英語や第二外国語（ドイツ語）、数学など、教養科目の授業を受けるのだ。

つい先月まで、高校生や浪人生だった若者がひとつのクラスにまとめられる。男女比は偏っていたが（50名ほどのクラスで女子は2人だけ）、東京出身と地方出身、裕福なお坊ちゃんと苦学生、スポーツ系とカルチャー系とサブカルチャー系が一緒くたに座らされる。

同じ学部・学科の同級生といえど、さすがに異種混合の緊張感が走り、空気の読み合いが始まる。だが、ちょっとしたキッカケで、緊張感の隙間に風穴が生まれ、会話が弾んでいく。

ある授業の開始前、ラジヲが、資生堂のCMタイアップソングとして、テレビで当時よくかかっていたKUWATA BANDの《BAN BAN BAN》を鼻歌で歌った。

――♪BAN BAN BAN One day wearin' so many wears. So many chapeaux. And so many ties.

すると真横に座っていた同級生が「いいねぇ、あの曲」とつぶやいたのだ。九州出身のアリノという男。全国的に有名な鹿児島ラ・サール高校を卒業しながらも、二浪して、なんとかこの学部に滑り込んだという。

KUWATA BAND《BAN BAN BAN》は、ラジヲにとって、まるっきり「東京の音」だった。

浪人時代に聴いたサザンオールスターズのアルバム『KAMAKURA』は、桑田佳祐の混乱した内面があからさまに表現されていて、同じく混乱した日々を送っていた浪人時代のラジヲにとって、深く共感できる作品だった。

対してKUWATA BANDのサウンドは、妙に完成度が高く、洋楽のようにツンとすましていて、そのあたりに心理的距離を感じたのだ。その心理的距離はそのまま、東京という街にラジヲが抱いていたものでもあった。

そんな「東京の音」を介して、大阪から来た一浪生と九州から来た二浪生が会話を交えるのだから、大学というところは面白い。

「KUWATA BAND、好きなんだ?」

とラジヲが聞くと、

「うん、でもサザンオールスターズの方がいいな。特に『NUDE MAN』」

と返してきたからウマが合う。

そして『NUDE MAN』に入っているバラード《Oh! クラウディア》の話をしながら、早大正門から高田馬場行きの「学バス」に2人で乗り込んだ。

――という、ささいなことを思い出して、少しだけほっこりとした2018年のラジヲが次に向かったのは、こちらは全然変わっていない10号館である。

6

そう。10号館は、当時とまったく変わっていなかった。建物からの記憶は鮮明だ。ラジヲが思い出したのは、大学2年生の早稲田祭、この10号館で見たシーナ&ザ・ロケッツのライブである。

大学1年生の早稲田祭は雨の中、レベッカの伝説的なパフォーマンスを見て、感情が昂り、涙を流したラジヲだったが、その1年後は、女友だちを連れて、平然として早稲田祭に向かっていた。

シーナ&ザ・ロケッツのライブは、普通の階段型教室で行われた。観客は、授業で使う普通の席に座り、それに溢れた観客が通路を埋めて、立錐《りっすい》の余地もなく立ち見するという格好でメンバーを待ち構えた。

シーナや鮎川誠が登場。残念ながら曲目や演奏はまるで憶えていないが、鮎川誠のギターの格好良さに、ただただシビれた。平然と会場に向かったにもかかわらず、早稲田祭でまたも感情が昂ったのだ。

感化されたラジヲは、下宿の壁に、シーナ&ザ・ロケッツのモノクロのポスターを貼り、アルバム『ピンナップ・ベイビー・ブルース』を聴き込み、鮎川誠のギターのコピーにいそしんだ。

ちっとも上手くならないギターに嫌気がさし、鮎川誠にも徐々に冷めていくのだが、大学を卒業し、会社員になっていた１９９４年、その熱が、またムクムクと起き出すことになる。その年に発売された《ロックの好きなベイビー抱いて》というシングルが良かったのだ。

作詞はなんと阿久悠[*3]。例のたどたどしい発音でシーナが歌うのは、ロックの好きな赤ちゃん（ベイビー）を抱いた、ロック好きなママの生活である。実生活ではおしどり夫婦で知られたシーナと鮎川誠だが、歌詞の世界はシングルマザーだ。

――♪この子が20歳になる頃には　この世はきっとよくなっている　だから　しばらくママとおまえで　がんばろうね　がんばろうね

快活なシングルマザーが、シーナ＆ザ・ロケッツのロックンロールを口ずさみながら、乳飲み子を抱えて、駅前通りを走っていくイメージが広がる。

《ロックの好きなベイビー抱いて》が発売されて20と1年が経った２０１５年のバレンタインデーに、シーナはこの世を去る。歌われた乳飲み子＝「ロックの好きなベイビー」が20歳を超えたのをしっかりと見届けて旅立ったかのように。

最期のときシーナは、20歳になった「ロックの好きなベイビー」を前にして、「この世は本当によくなった」と確信できたのだろうか。「失われた10年」、いや「失われ続けた平成の20と1年」を経て、「嘘をついてしまった」と悔やんだのではないだろうか。

――それでも２０１８年のラジヲは、シーナの死を超えて、自分の息子に心の中で歌い続ける。「♪この子が20歳になる頃には　この世はきっとよくなっている」と。

7

それからラジヲは、西門の方に向かい、早大生協の横を通り過ぎた。生協には思い出が多い。ランチは基本ここで食べたし、割引価格で本やLPをたくさん買った。ここで初めて買ったLPは忘れもしない細野晴臣『HOSONO HOUSE』。確か2割引で買えたはずだ。

生協の横の階段はチケットぴあに通じたところで、1988年春に行われたミック・ジャガー来日公演のチケットを買うために並んだ階段だ。初の来日ということで、他のチケットぴあでは全滅に近かったのだが、なぜかここではすんなりと買えて、ラッキーと思ったことを憶えている。

安部磯雄[*4]にちなんだ安部球場が昔あったあたりは、まるで見違える光景。球場跡には、早稲田大学関係の新しい建物が立ち並んでいる。俗に「グランド坂」と呼ばれる車道を下る。そこには当時よく通ったレコード店があったので、確かめてみようと思ったのだ。このご時世、さすがにもう、潰れているであろうと思いながら。

驚くべきことに、それが今でも営業していたのだ。店の名は「サウンドショップ・ニッポー」[*5]。営業しているどころか、外装内装、ともに当時のままのようだ。

入学した１９８６年、当時大ブームのおニャン子クラブのシングルを買ったところだ。いちばん印象に残っているのが、福永恵規の《風のInvitation》。福永恵規という人は、ＡＫＢで言えば秋元才加の位置にいた人で、そのクールな感じがラジヲ好みだった。そして《風のInvitation》も名曲。

とりわけ歌詞が印象的だ。２番の途中に出てくる「♪北極星（ポーラスター）はプラタナス」というフレーズの斬新なこと。１９８６年の秋元康の筆の冴え方は半端ではなかった。

――と、大隈重信像を中心とした半径５００メートルほどを、思い出を訪ねながらウロウロしているうちに、雨は止んで陽は高く昇り、そろそろ試験が終わる頃だ。ラジヲは息子と待ち合わせた大隈講堂前に向かうことにした。

8

大隈講堂前に佇みながら、ラジヲはスマホのRadikoで、地方のラジオ局を聴いていた。

地方のラジオが電話で聴けるという、大学時代には考えられなかった文明の利器である。

大学時代によく聴いた山下達郎《僕の中の少年》が流れてきた。流れると同時に、人生初の受験を終えた息子が、落ち着いた面持ちで、ゆっくりとラジヲの方に向かって来る。

すると突然、ラジヲが見ている光景が、スローモーションになった。雨上がりの湿った空気の中、息子がゆっくりゆっくり、こちらに近付いて来る。

スマホに付けたヘッドフォンが歌い出す。

――♪ひとときの夢の中　駆け抜けた少年は　今はもうあの人の　眼の中で笑ってる

あっ！

そのときラジヲは、今朝、息子を見送るときに感じた、いろいろな感情のあれやこれやが一緒くたになった、なんとも言えない心持ちの源が理解できたのだ。

あの瞬間、自分は少年時代を手渡した。

あの瞬間、息子が自分の少年時代を受け止めた。

こんな狭いキャンパス、たった半径５００メートルほどの中で、素敵な音楽と友人たち、出会いと別れ、喜びと苦しみ、希望と苦悩が満ち溢れていた、あの豊潤《ほうじゅん》な日々。

あのめくるめく少年時代は、もう帰ってこない。いや、そんなことはわかっている。でも今朝、自分は息子に、少年時代を完全に手渡したのだ。そして息子は、思ったよりも落ち着いた面持ちで、手渡された少年時代を受け止め、受け入れようとしている。

あのなんとも言えない気持ちとは、少年時代が完全終了したことに対する寂寥《せきりょう》感と、でもそれを、別のいちばん近しい人格に贈り届けられたことの満足感がミックスされたものだったのだ。

――♪人知れず想い出の中に住む少年よ　さようなら　もう二度と振り返る事はない

ラジヲに残されたのは、あの頃とは比べものにならないくらい短い余生である。カウントダウンが始まっていると言っていい。人生が四季ならば、秋も暮れつつあるあたり。

そこで思い出したのが、当時、この半径500メートルの中で憧れ続けた才能のその後である——山下達郎、田中康夫、沢田研二、甲本ヒロト、真島昌利、桑田佳祐、鮎川誠、細野晴臣、秋元康、そしてミック・ジャガー——。

驚いた。みんな現役バリバリじゃないか。そして、若い頃の経験を超えて、誰もう迷っていない。信じた道をまっすぐ突き進んでいる。

残念なことにラジヲには、彼らのように飛び抜けた才能などなかった。彼らのようにはなれなかった。でもだからこそ、もう迷っている暇などないのだ。腹をくくろう。

『なんとなく、クリスタル』のラストで、主人公の由利は考える——「あと十年たったら、私はどうなっているんだろう」

ラジヲも考える——「あと十年たったら、息子はどうなっているんだろう」「あと十年たったら、自分はどうなっているんだろう」

それでもラジヲは信じるのだ——「この子が20歳になる頃には　この世はきっとよくなっ

ている」と。

9

スローモーションが途切れた。２０１８年の冬、大隈講堂の前。現実に立ち戻る。

「出来た？」

ラジヲは息子に聞く。

息子は無表情で答える。

「たぶん……大丈夫と思う」

＊1 田中康夫……桑田佳祐、佐野元春と同い年の作家。テレビやラジオで、イノセントな持論をまくし立てながら、テンションを上げていくさまが見応えたっぷり。

＊2『なんとなく、クリスタル』……その田中康夫による、1980年発表の小説。現代文学史に残る問題作。通称「なんクリ」。野暮な種明かしをすれば、この『恋するラジオ～Turn on the radio』は、dedicated to「なんクリ」。

＊3 阿久悠……レジェンド。日本歌謡史の作詞家列伝は、阿久悠（70年代）→松本隆（80年代前半）→秋元康（80年代後半）とつながれる。

＊4 安部磯雄……あべ・いそお。「日本の社会主義と野球の父」のような人。早稲田大学野球部の寮は「安部寮」といい、寮に入るときと出るときに、安部磯雄の像に必ず挨拶するのがならわしとなっている。

＊5 サウンドショップ・ニッポー……都電荒川線・早稲田駅に程近いところで現在でも営業中。オレンジの看板が目印。

＃12：ふたたびの東大阪と細野晴臣（2019kHz）

B面

２０１９年11月のある日。ラジヲは、レギュラー出演しているテレビ番組の収録のためにスタジオに入っていた。音楽[*1]に関してマニアックに語るという趣旨のＢＳデジタル番組で、この日は年末向けの特別版ということで、大物ゲストも呼んでたいそう盛り上がった。当然、出演者の１人であるラジヲも盛り上がっていたのだが、心のどこかで冷めた自分に気付いていた。

数日前に、母親が倒れたという一報を聞いていたからだ。

母親は東大阪の実家に近い病院に入院したという。内臓にまつわる急性的な病気だそうだが、詳細はよくわからない。

楽しい会話と満面の笑顔で収録に参加しながら、ラジヲの心の一部は、ベッドの上で苦しんでいる母親のイメージがずっと支配していた。

収録は思いの外《ほか》、早めに終わって時間が空いた。だからといって、ここは東京。大阪には簡単に帰れない。仕事の関係もあるので、次の週末までは、帰ることは出来なさそうだ。

「こういうときこそ、臆せず音楽に接しよう」

さしたる根拠や理由もなく、ラジヲはただそう思い込んで、渋谷の小さな映画館に向かうことにした。かねてより見たいと思っていた映画がかかっていたからだ。

その映画のタイトルは『NO SMOKING』[*2]。「細野晴臣50周年記念ドキュメンタリー」と題されたもので、細野のこれまでの歩みと、現在の音楽活動を克明に切り取った作品である。母親の入院の一報を聞く前の10月、六本木ヒルズで行われた「細野晴臣デビュー50周年記念展 HOSONO SIGHTSEEING 1969-2019」という展示会に、ラジヲは足を運んでいた。しかし、これが結構な混雑で、落ち着いて見ることが出来なかったこともあり、今回はこの映画で、細野の50年間の足跡を、しっかりと確かめてみたいと思ったのだ。

小さな映画館は3割程度の入り。平日の夜にしては、なかなかの人気と言えるだろう。

映画で印象に残ったのは、これまでの歩み（ほとんどがラジヲの知っているエピソードだった）よりも、現在の細野晴臣の演奏シーンだった。

はっぴいえんどの日本語ロックに始まり、エキゾティックやテクノ、環境音楽、民族音楽など、激しい音楽性の変化を引き寄せてきた細野晴臣が、1周回って、いや12周くらい回って、気の合う仲間と飄々《ひょうひょう》と楽しんでいるさまが、実に良かったのだ。

ラジヲが注目したのは、現在の細野晴臣が紡《つむ》ぎ出しているグルーヴである。リズムが揺らいでいる。スウィングしまくっている。

そう言えば、細野晴臣という人は「グルーヴの人」だったという気がする。

「日本語ロックの始祖」という側面ばかりで語られるはっぴいえんどだが、あのバンドの根本は、細野晴臣のベースだったとラジヲは思っている。デビューアルバム『ゆでめん』の1曲目《春よ来い》から、細野らしいグルーヴのベースが、バンド全体を推進している。

「テクノポップ」と言えば、デジタル→無機質→非人間的という連想になりがちだが、イエロー・マジック・オーケストラ（YMO）の（特に初期の）サウンドが、少年時代のラジヲ含む、多くの若者の腰を揺らしたのも、細野によるグングン揺れるグルーヴが効いていたからだと思う。

「HOSONO SIGHTSEEING 1969-2019」で販売されていた同展示会のオフィシャルカタログ『細野観光 1969-2019』には、こういうコメントが残されている。

「ティンパンアレイの頃、僕はロックのリズムの秘密を発見した。さまざまなオールディーズを聴いているうちに、ロックのリズムには、微妙な揺れがあることに気付いたのだ。（中略）スウィングをやっていたドラマーは、跳ねるリズムを叩いている。一方でギターは八ビートを刻んでいる。そこでできあがる跳ねているようで跳ねていないリズム――それがロックンロールのノリであり、実はブキウギの基本である」

映画に収められた、最近の細野晴臣の演奏活動におけるグルーヴは、まさにこの感覚を愉しんでいるように見えたのだ。余談となるがこのコメントは、かまやつひろしが遺したこの言葉ともぴったり呼応する。

「ロックンロールはシャッフル（八分音符を跳ねさせるリズム）だったのだ。それを、ほとんどのバンドは、（四分音符だけの）エイト・ビートで叩いていた。それでは単調なスリー・コードだからもたないし、気持ち的にだんだん遅くなって白けてしまうのである。そこで、ギターだけエイト・ビートで、ドラムはシャッフル・ビートでたたいてみた。すると『おお、

前に行くぞ！』ということになった」（ムッシュかまやつ『ムッシュ！』日経ＢＰ社）

映画館の大きなスピーカーから流れる細野晴臣のグルーヴに身を委ねながら、ラジヲは母親のことをしばし忘れていた、忘れようとしていた。

2

次の週末、母親を見舞うために大阪に帰ることにした。土曜日の朝、新横浜駅から新幹線のぞみ号に乗り込む。

こういうシチュエーションには、井上陽水のアルバム『陽水II　センチメンタル』に収められた《帰郷（危篤電報を受け取って）》を聴くのだろうと、ラジヲはずっと思っていたのだが、いざとなると、いやいや縁起でもないと思って、やめておくことにした。

代わりにヘッドフォンから流れてきたのは、こちらも微妙に縁起でもないタイトルの曲＝細野晴臣《終りの季節》だった。

扉の陰で　息を殺した

かすかな言葉はさようなら
6時発の　貨物列車が
窓の彼方で　ガタゴト
朝焼けが　燃えているので
窓から　招き入れると
笑いながら入りこんで来て
暗い顔を　紅く染める
それで　救われる気持

座っているのは窓際のA席。駿河湾《するが》から差し込んでくる朝の光が、この歌詞を立体的に演出する。この、アルバム『HOSONO HOUSE』からの地味な1曲は、ベッドの上の母親に会いに行くラジヲにとって、縁起でもないタイトルとは正反対に、とても優しく響いた。

何度もリピートした。

土曜日の昼下がり、11月にしては暖かい陽気。病院に入ることがためらわれて、中学生の頃に親しんだ病院の周囲の街並みをウロウロとしながら、意を決して病院の中に入る。

病院は閑散としていた。母親のいる5階の病室は、患者が2人だけの小さな病室だった。見舞いの人間は誰もいない。手前のベッドに母親が寝ている。

呼吸器を付けている。目は開いているのだが、会話は出来ない。もう筆談すら難しそうだ。意思の疎通は難しい。ラジヲの存在は、なんとか確認しているようなのだが。

ラジヲは母親の手を握った。というか、手を握るくらいしか出来ないことに気付いた。

手を握ったまま、会話もなく、5分、10分と時間が過ぎていく。相変わらず病室には誰も来ない。それどころか廊下にも、看護師以外に人が通り過ぎることはない。

ラジヲを聴いてみようと、ラジヲは思った。そして、自分のスマートフォンを取り出し、Radikoのアプリを起動、地元のＡＢＣラジオのボタンをクリックした。

関西、いや地方局にありがちな、つまり関東では珍しくなったリクエスト番組がオンエアされていた。ラジヲもよく知っている、関西では有名なベテラン女性パーソナリティが出演していた。

「秋も深まってきました。冬の準備もせなならんですわ。ほんまに。というわけで、門真《かどま》市のラジオネーム『ぷーちゃん』からのリクエストです。懐かしいですね。当時ラジオでよくかかってましたわ。加藤和彦、北山修で《あの素晴しい愛をもう一度》」

シーンとした病室の空気に、あの美しいスリーフィンガーのアルペジオが染みていく。ラジヲも、ベッドの上の母親もよく知っている曲だ。それどころか、加藤和彦の存在は、母親から教えてもらったようなものだ。

加藤和彦と福井ミカ（後のサディスティック・ミカ・バンドのボーカル）の結婚に向けて作られた曲と言われるが、それにしては、歌詞は完全な別れの曲である。

あの時　同じ花を見て
美しいと言った二人の
心と心が　今はもう通わない
あの素晴しい愛をもう一度

午前中に新幹線で細野晴臣、午後に病室で加藤和彦。この同い年のライバルが、この一日、ラジヲの耳を支配している。

《あの素晴しい愛をもう一度》が母親には聴こえたのか、聴こえなかったのか、ラジヲにはわからなかった。ただわかったことは、「あの素晴しい愛をもう一度」という想いを募らせる「終りの季節」が、思いの外、確実に近付いているということだった。

3

1週間後の週末、ラジヲは再び大阪に帰った。母親の病状は快方に向かうことなく、徐々に悪化しているという。検査も終わったということなので、詳細な検査結果を聞くために、兄貴と2人で、医者のもとを訪ねることにしたのだ。

ラジヲの実家に近い郵便局の前で兄貴と待ち合わせすることにした。ただ郵便局が近いところにふたつあり、ラジヲは、兄貴が意図した方ではない、小さい郵便局の前に立っていた。時間が来ても兄貴が来ないので、ＬＩＮＥでやりとりし、ラジヲの方が勘違いしていたことが判明。こんなシリアスな面会に及んで、医者を待たせることなど許されない。ラジヲは大きな郵便局の方角に走り出した。

郵便局から郵便局への道は、ラジヲが生まれた小さな町を南北に突っ切る、ちょっとした目抜き通りである。

そしてこの道は、約40年前、小学生のラジヲが、ホソダとフジキとともに、アリスに会いに行くために自転車を全速力で走らせた、あの道だ。

小学6年生の軽快なラジヲと、53歳を迎えようとしている鈍重なラジヲが、四十数年の時を超えて、小さな町のささやかな目抜き通りで競走する。軽快なラジヲの残像が、鈍重なラジヲをあっという間に追い抜いて、見えなくなっていく。

大きい方の郵便局は、ちょうどあの頃、アリスがコンサートをした市民会館（それはもう解体されて、新しい建物が建っているのだが）のそばにある。待ち合わせた兄貴とともに、医者がいる病院のドアを開ける。どうやら医者は、母親が入院している病院と、今ラジヲが訪れた系列の病院のふたつを掛け持ちしているようだった。

医者は、かなりの年齢に見えたが、言葉と態度がしっかりしているので、ひとまず信頼は出来そうだ。ラジヲと兄貴は、言葉一つひとつを聞き逃すまいと、メモを取るつもりで臨んでいる。

しかし――「膵臓」「肝臓」「胸水」「腹水」「胆管」「リンパ」……などの具体的な用語が

出てくるにつれ、メモを取るエネルギーが消えていった。専門用語で医者が煙に巻こうしているのではない。むしろ逆で、医者からの最終的なメッセージは非常に明快だったからこそ、メモを取る気力を失ったのだ。

「大変申し上げにくいのですが、率直に申し上げて、お母さんはもう長くはありません。早ければ、あと1週間でしょう」

病院を出て、近くの喫茶店で、ラジヲは兄貴と、久々に長く話し合った。陰鬱だけれども冷静な雰囲気の中で。

その後ラジヲは1人で、母親のいる病院に向かった。生まれた街の匂いをかぎながら、生まれた街の音を確かめるために、ヘッドフォンを外して歩き出したのだが。

それでもなぜか、細野晴臣《終りの季節》が、心の中で繰り返し響いてくるのを感じた。

扉の陰で　息を殺した
かすかな言葉はさようなら

心の中の『終りの季節』。ボリュームが少しずつ上がっていく。

病室でラジヲは、母親の手を握りしめながら、ＡＭラジオをまた聴いた。ただ今回は、知っている曲が流れることはなかった。

4

ラジヲの父親が亡くなったのは、２０１５年2月のことだった。その頃は母親がまだ元気で、父親の入院から葬式、法事に至るまでのすべてを取り仕切っていた。

父親が亡くなった瞬間、ラジヲは東京にいた。仕事場のＰＣで、大阪のＦＭ局＝ＦＭ[*3]COCOLOを聴いていた。45歳以上をターゲットにして選曲していると言われたＦＭCOCOLOは、当時のラジヲのお気に入りだった。

「お父さんが亡くなりました」

という、母親からの淡白なメールを、スマートフォンで受け取った瞬間、FM COCOLOで流れていたのは、大貫妙子の《春の手紙》という曲だった。ラジヲはスマートフォンの画面に並べられた文字列を見つめる。そしてスマートフォンから目を背ける。ＰＣに接続されたヘッドフォンからは、大貫妙子の透き通るような歌声が聴こえてくる。

その瞬間は、ラジヲにとって、鮮烈過ぎるものだった。

以来、大貫妙子の《春の手紙》という曲を聴くことが、どうしても出来なくなってしまったのだ。身体が受け付けなくなってしまったのだ。肉親の死に関係した曲に対して、生理的な抵抗感が埋め込まれることを、ラジヲはこのとき初めて知った。

その《春の手紙》は、その後も何度かラジオから流れてきたのだが、すぐにボリュームを下げるか、イヤフォンを外すなどしてラジヲは避け続けてきた。それから5年のあいだ、一度たりとも聴いていていない。

父親の死をきっかけに聴けなくなってしまった曲は、もう1曲ある。

ラジヲの母親が全面的に取り仕切った父親の葬式では、式の途中で、母親が参加している合唱団のコーナーが加えられていた。

そこで聴いた《いのちの歌》。もともとは[*4]ＮＨＫ朝ドラ『だんだん』（08〜09年）で使われたもので、オリジナル盤は「[*5]茉奈佳奈《まなかな》」名義なのだが、作詞を手掛けた竹内まりや本人のバージョンで、広く知られることとなった曲である。

　いつかは誰でも
　この星にさよならをする時が来るけれど
　命は継がれてゆく

　肉親の葬式という場で、これほど似つかわしい歌詞はあるだろうか。ラジヲは、胸の中をぐっと掴まれたような感覚に陥った。鼻の先がツーンとするのを感じた。

　それをきっかけに、《いのちの歌》も二度と聴けない曲になってしまった。いや、父親の死については、気持ちの中で、さすがにちゃんと相対化されているのだ。ただ《春の手紙》と《いのちの歌》を聴いたときの、あの感覚が蘇ってくることだけは、正直、さすがにまだ怖い、しんどいと思ってしまう。

　生きるということは、たくさんの素晴らしい音楽を人生のプレイリストに加えていくことだ。しかし、生き続けるということは、いくつかの素晴らしい音楽をプレイリストから削除していくことなのか。

そして、ついにその日が来る。

5

医者から「あと1週間」と言われたとおり、ちょうど1週間後に、母親は亡くなった。

結末は実にあっけなかった。その日の夕方、ラジヲは外に出ていた。夜19時、千代田線赤坂駅で兄貴からの電話──「もう危ない。最後の言葉を聞かせてやってくれ」

言葉をかけるも当然会話にはならず、一旦電話を切る。

明治神宮前駅で千代田線から副都心線に乗り換える。副都心線は東急東横線に直通する。田園調布駅あたりで兄貴から、親戚一同を集めたＬＩＮＥグループにメッセージ──「母が亡くなりました」。

たった20分ほど。あっという間に決着が付いた。

翌日の早朝、実家に向かった。顔に白い布をかけられて、母親が横たわっている。その母親を中心に車座となり、翌日からの通夜、葬式などの進め方について、兄貴家族らと話す。話が一巡し、準備などで皆が部屋を離れ、たった一瞬ではあったが、ラジヲだけが残された。部屋の中にはラジヲと母親の遺体。背中の後ろの窓から差し込んでくる11月とは思えない強い陽射し。

「あっ！」――ラジヲは思った。

朝焼けが　燃えているので
窓から　招き入れると
笑いながら入りこんで来て
暗い顔を　紅く染める
それで　救われる気持

細野晴臣《終りの季節》の歌詞が今、目の前に再現されているではないか――。

「この歌は、こういう歌だったのか！」

こうして『終りの季節』もプレイリストから削除され、ラジヲが二度と聴かないであろう曲になった。

6

もろもろが落ち着いて数日が経ったある日、ラジヲのフェイスブックに見慣れない名前の人物からメッセージが届いた。

「このたびは誠にご愁傷《しゅうしょう》様です。お力になれず、本当に申し訳ないです」

ラジヲは一瞬考えて、そして、その名前がフジキであることをに気が付いた。そう。約40年前、アリスを見に行くために、市民会館まで一緒に自転車を走らせた、あのフジキである。彼は今、開業医として成功していて、今回、母親の体調に異変が起きたとき、最初に診察したのがフジキだったのだ。

「いえいえ。生前は母がとてもお世話になりました。心より感謝します。本当にありがとうございました」

あのとき『ヤングタウン』で、谷村新司に「ちっちゃい子供」とあしらわれた少年たちが、確実に大人になって、格別に大人な会話を交わしている。

ラジヲの人生の物語が、円環《えんかん》となって結ばれていく。

7

父親と母親の死をきっかけに、ラジヲのプレイリストから削除された3曲。大貫妙子《春の手紙》、竹内まりや《いのちの歌》、そして新たに追加された細野晴臣《終りの季節》。さらには《あの素晴しい愛をもう一度》も削除されかけている。

しかし、ラジヲの気持ちをざわつかせるニュースが飛び込んできた。２０１９年大みそかのＮＨＫ『紅白歌合戦』に、竹内まりやが出演し、本人自ら《いのちの歌》を歌うというではないか。

ラジヲは『紅白歌合戦』が大好きなのだ。未だに毎年、全編録画して何度も見ているというマニアぶりなのである。《いのちの歌》だからといって、目を背けるわけにはいかない。

覚悟を決めた。

竹内まりやのパートは、ＮＨＫホールではなく、スタジオからの生中継だった。綾瀬はるかの司会に続いて、緑色の艶《あで》やかな衣装に包まれた竹内まりやが堂々と歌っていく。

いつかは誰でも
この星にさよならをする時が来るけれど
命は継がれてゆく

この曲、この歌詞に一度は抗《あらが》ったラジヲに、竹内まりや自身が紡いだこの歌詞が染みていく。《いのちの歌》は、ラジヲの心に、さらに容赦《ようしゃ》なく響いてくる。

生まれてきたこと　育ててもらえたこと
出会ったこと　笑ったこと
そのすべてにありがとう
この命にありがとう

大みそかの夜、感極《きわ》まりながら、ラジヲの頭に「第三の人生」という言葉が浮かんだ。

両親がいる「第一の人生」、父親が亡くなり、母親だけとなった「第二の人生」、そして母親も亡くなった、これからの「第三の人生」。

それは、両親という後方支援のない人生、それは、継がれていく命を後方支援する人生。それは、誤解を怖れず言えば、覚悟を決めて、腹をくくって、人生最後の悪あがきをする――「余生」だ。

零時を超えて2020年がやって来る。ラジヲは思った。

《いのちの歌》に続いて、《春の手紙》も《終りの季節》も《あの素晴しい愛をもう一度》も、もう全部解禁だ、と。

映画『パッチギ！』で、放送禁止となっていた《イムジン河》のオンエアに踏み切る、大友康平演じるラジオディレクターの名セリフ――「どんな理由があろうとな、歌ったらあかん歌なんか、あるわけないんだ！」

それ風に言えば「聴いたらあかん歌なんか、あるわけないんだ！」。「余生」に怖いものなどない。ラジヲのプレイリストには、あの４曲があらためて補充された。

8

それから約20年のあいだ、ラジヲは、細野晴臣の演奏のようにグルーヴしながら、72歳まで生き延びることとなった。

＊1 音楽に関してマニアックに語るという趣旨のBSデジタル番組……現在（2020年）、BS12トゥエルビで、日曜21時から放送中の音楽番組『ザ・カセットテープ・ミュージック』のこと。

＊2『NO SMOKING』……2019年に公開された「細野晴臣50周年記念ドキュメンタリー」映画。細野晴臣の演奏に加えて、高橋幸宏のドラムスと水原希子の容姿がひたすら素晴らしい。

＊3 FM COCOLO……レジェンドDJ・マーキー氏の豪快なトークが現在でも炸裂中。

＊4 NHK朝ドラ『だんだん』……ラジヲ（スージー鈴木）の朝ドラランキング10位以下。ちなみに現時点（2020年）のベスト3は『カーネーション』（2011年）、『あまちゃん』（2013年）、『ちりとてちん』（2007年）。次点に『スカーレット』（2019年）。

＊5 茉奈佳奈……「まなかな」。三倉茉奈・三倉佳奈の双子姉妹のユニット。関西人好みの顔をしている。どちらが？ いえ、どちらも。

＊6「どんな理由があろうとな、歌ったらあかん歌なんか、あるわけないんだ！」……映画『パッチギ！』で、放送禁止になった『イムジン河』のオンエアを阻止しようとするラジオ局社員（松澤一之）に対して、ディレクター（大友康平）が叫ぶ名セリフ。

日本武道館のビートルズ（1966kHz）

Finale
終曲

「最高のリスニングルーム」というべき場所が、都内某所にある。最高のレコードプレイヤー、最高のスピーカー、最高の防音設備。

―

２０３９年某日、ラジヲはそこにいた。自分の意志でそこにいた。20[*1]年ほど前に出演していた音楽番組のロケでその場所を知って、最期はここに連れて行ってくれと、周囲にお願いしていたのだ。

「最期」――そう、ラジヲは今、自らの命の最期の瞬間にいる。死の淵にいる。最高のリスニングルームにベッドで運ばれてきたところである。

電動式のベッドのスイッチを押す。くたびれたラジヲの上半身が少しずつ起き上がり、ラジヲのしおれた耳が、ふたつの巨大なスピーカーに向けられる。

「お約束のこのレコードでいい？」

息子が訊く。無言のまま、うなずくラジヲ。息子の指でテクニクスの最高級のレコードプレイヤーに載せられたのは、１９７９年に発売されたクイーンのライブ盤『ライヴ・キラーズ』というLPだ。

「『ライヴ・キラーズ』ディスク1のB面4曲目《'39》を、最高の音で聴いて死にたい」

ラジヲの遺言の冒頭に書かれていた文言。周囲は、ラジヲのその願いに対して、十分に応えることとなる。

それにしても、あまたあるクイーンの名曲ではなく、なぜ、それほど知られていない《'39》なのか。それは今が「'39年」だからだ。１９７５年に発表されたこの《'39》という曲は、一説によると２０３９年という「未来」を歌っているという。

この曲が好きだったラジヲは、「２０３９年まで生きて、この曲を聴きたい」という密《ひそ》やかな願いを持ちながら生きてきたのだ。その願いが、ギリギリのところで叶ったことになる。

ブライアン・メイのアコースティックギターがひたすら軽やかで、ひたすら美しい。それに乗る全盛期フレディ・マーキュリーのボーカルも素晴らしく、そんな音が、最高級のオーディオから聴こえてくるのは、ラジヲにとって至福の体験だった。

しかしラジヲは考え直した。最後の最後、最期の最期の音は、これでいいのだろうか。今、心から聴きたい音は、この最高のオーディオからの最高の音質なのか。

「隣の部屋に移動させてくれないか」

ラジヲはか細い声で周囲に伝えた。隣の部屋——そこには、最新のテクノロジーを積んだイコライザーによって、さまざまな時代のさまざまな機器の音を再現できる環境が備え付けられているのだ。

SPプレイヤー、トランジスタラジオ、ポータブルプレイヤー、システムコンポ、ウォークマン、CDラジカセ、そしてiPod、スマートフォン……。

あの頃の、あの機器の、あの音。それを可能な限り正確に再現できる隣の部屋に。ラジヲはベッドごと連れて行かれた。

「1980年代前半に発売されていた、ナショナルの大きなラジカセの音で、もう一度、『ライヴ・キラーズ』の《'39》を聴かせてほしい」

再び息子がセッティングする。音が流れる。

Don't you hear my call
Though you're many years away
Don't you hear me calling you

僕の声が聞こえるかい？
途方も無い年月は経ってしまったけれど
あなたに語りかける僕の声、聞こえるかい？

ラジヲは目を閉じた。目を閉じて、見えた。音が——見えた。

驚くべきことに、テクニクスの最高級のレコードプレイヤーではなにも見えなかったのに、ナショナルのラジカセに耳を澄ませていると、音が見えたのだ。

今、ラジヲは、１９７０年代のクイーンのライブ会場にいる。ブライアン・メイが、フレディ・マーキュリーが、ロジャー・テイラーが、ジョン・ディーコンが――クイーンが、目の前にいる！

死の間際に三途《さんず》の川が見えるというのは、よく聞く話だが、ラジヲにはクイーンが見えたのだ。それも全盛期のクイーンが。

《'39》が終わり、B面最後の《炎のロックンロール（Keep Yourself Alive）》も終わり、カセットテープが止まるガッチャンという音とともに、クイーンの音が消えた。ラジヲは息を引き取った。後に、やすらかできれいな死に際だったと言われた。享年72。

2

白い靄《もや》が立ち込めている。ラジヲの目の前には、幻想的な風景が広がっている。天国なのか、地獄なのか、いわゆる死後の世界なのか。とにかくラジヲは、一度命を閉じて、どうやら違う世界に来たようだ。

ラジヲがまず奇妙に感じたのは、その場所のことではなく、自分自身のことだ。なんだか、かなり若返っているのである。具体的な年齢はわからないが、小学校高学年くらいではないだろうか。

気付くと、その場所の番人のような風体の老人がいて、こちらを見ている。皺《しわ》だらけの手が手招きしている。ふらふらと引き寄せられて、72歳の頃には考えられなかった、軽やかな足取りで、ラジヲはその老人のもとに向かう。

手渡されたのは、ひとつのポータブルラジオだ。片手で持つにはちょっと重いトランジスタラジオ。70年代製だろうか。金属の本体が黒いカバーでくるまれている。

老人は、聞き取りにくい小さな声で、ゆっくりと告げる。

「コ、イ、ス、ル、ラ、ジ、オ」

「コイスルラジオ」――「恋するラジオ」ということか。死後の世界にしては、やたらロマンティックな名前だなと、ラジヲは一瞬妙な気持ちになったが、それでもこちらが小学校高学年くらいの身体に戻っているのだから、兼ね合いは悪くないだろうと考え直す。

その一言だけを残して、老人は忽然《こつぜん》と消えた。白い靄の中、その恋するラジオを持ったラジヲが1人、ぽつねんと残された。

なにもすることがないラジヲは、恋するラジオのスイッチを探した。右側にギザギザの付いた回転式のスイッチがあり、それを回すとカチッという音とともに、ランプが付き、本体にある、周波数を表示する横長のパネルが点灯、ボリュームが上がって音が鳴り出した。

ゴゴゴゴゴ、ジュワーン、チュイーン。

懐かしいAMラジオの音だ。それもラジオ局とラジオ局の周波数のあいだで鳴る、あの奇妙な、でもあたたかい音。何十年ぶりに聞くのだろう。

ゴゴゴゴゴ！　ジュワーン！　チュイーン！

そしてラジヲは、左側に付いている大きな円形の周波数ダイヤルを中央からゆっくりと回して、右側に動かしていった。面白いことに、周波数に合わせた年代のときの街と音楽の思い出が、ラジヲの頭の中をヴィヴィッドに駆け巡った。

・1978kHz＝1978年、東大阪のアリス
・1983kHz＝1983年、大阪上本町のクイーン
・1986kHz＝1986年、早稲田のレベッカ
・1988kHz＝1988年、川崎溝ノ口のロッキング・オン
・1989kHz＝1989年、半蔵門の吉川晃司
・1992kHz＝1992年、武蔵小金井の真島昌利
・1993kHz＝1993年、阿佐ヶ谷のサザンオールスターズ
・1994kHz＝1994年、原宿の小沢健二
・1998kHz＝1998年、みなとみらいのRCサクセション
・2005kHz＝2005年、川崎駅前の加藤和彦
・2018kHz＝2018年、ふたたびの早稲田と山下達郎
・2019kHz＝2019年、ふたたびの東大阪と細野晴臣

１９７８年から２０１９年のあいだに、途方もない量と質の音楽に日々包まれながら、少年は学生になり、学生は社会人になり、結婚し、子供も出来、大きくなり、そして父親も母親も亡くなった――。

平凡なように見えて、実はドラマティックだった自らの人生を1年1年、1歩1歩確か

めたラジヲは、次にダイヤルを中央から左側に寄せていった。すると、目の前が一瞬真っ白になり、また意識が過去に引き寄せられていった。

3

降り立ったのは、どうも東京らしい。蒸し暑い夏の夕暮れだ。またほんの少しだけ、身体が若くなった感じがするのは気のせいか。「新宿ロフト」と書かれたドアを開けて、中に入ってみる。

そこはライブハウスで、ジョギングパンツを穿《は》いた、お世辞にもかっこいいとは言えない6人編成のバンドが演奏をしているのだが、観客はまばら。

「おいおい、あと3時間後には、テレビ中継するんだよ。もっとサクラ呼べねえのかよ！」

ステージの横から、いかにも芸能界という風情のいかめしい男が声を張り上げる。しわがれ声のボーカリストが「すいませーん」と軽薄に謝って、まばらな客席にいる若い大学生にこう告げる。

「悪いけど、友だちとか呼んでくれる？　あとさぁ、日本酒とかも買ってきて、せっかくなんだから、盛り上がっている感じでテレビに出たいじゃん」

ラジヲはピンと来た——１９７８年8月31日、ＴＢＳ[*2]『ザ・ベストテン』のスポットライト、目の前にいるのは、サザンオールスターズ、その真ん中に立つしわがれ声のボーカリストは22歳の桑田佳祐！

「歴史は一夜にして作られる」とはよく言われるが、そんな夜を、ラジヲはリアルタイムで体験している。『ザ・ベストテン』のスポットライトでサザンオールスターズがノリノリの演奏を全国に届けた夜のことだ。次の日から《勝手にシンドバッド》が日本中に流れ出し、そこから大げさに言えば、日本のロックは次の時代に向かって走り出した。

なんとラジヲは、あのとき・あの場所に降り立ったのだ。

どうやら恋するラジオとは、ラジヲが生きていた頃、心から行きたかったあのとき・あの場所に連れて行ってくれるマシンのようだ。そして周波数を合わせるダイヤルは、そのマシンの操縦桿になっている。

みるみる観客が集まってくる。桑田佳祐が所属していた青山学院大学[*3]の音楽サークルの面々とその友だちだろう。日本酒のコップ酒が客席に振る舞われる。カメラのセッティングをしているスタッフも、少しだけ口に含んで、機嫌が良くなっている。

21時を超えた。『ザ・ベストテン』生放送が始まる。若きサザンが、ステージ近くに置かれた小さなブラウン管から、その様子を眺めている。数十分後、テレビのディレクターらしき男が「そろそろ行きますよ。CM明けに生中継、スタジオとつなぎます！」と叫ぶ。

桑田佳祐は「わおっ。『CM明け』だって！　なんかテレビっぽいねぇ」とつぶやいて、観客が笑う。CMが明けた。久米宏[*4]が「今週のスポットライト！」と叫ぶ。そこからは赤坂TBSのスタジオと新宿ロフトとのやりとりだ。

黒柳徹子「そこは、どういう場所なんですか。歌声喫茶みたいなところですか」
桑田「古いですね、黒柳さん」
黒柳「どんな人がいらっしゃるんですか」
桑田「酒を飲む人……」

ライブハウスがどっと沸く。その酒はサクラを盛り上げるために振る舞われたコップ酒なのだから。

黒柳「急上昇で有名におなりですが、あなたたちはアーティストになりたいのですか」

桑田「いえ、目立ちたがり屋の芸人でーす」

サクラの大学生に押される形で、ラジヲは、桑田佳祐のほぼ真ん前、絶好のポジションに立っている。奇跡の夜、奇跡の瞬間を、ラジヲは生で見ている。目の前にいるのは、大観衆の前で「スタンド！　アリーナ！」と叫ぶ何年も前、たった百人程度の観客に向けて、身体全体でシャウトしようとしている若き桑田佳祐だ。

演奏が始まった。サザンの生演奏をラジヲは何度か見ているが、テクニックはともかく「鬼気《きき》迫る」という意味で、このときの演奏がサザン史上ナンバー1だとラジヲは思っている。

コップ酒の匂いが充満している狭いライブハウス。速射砲《そくしゃほう》のように言葉を投げつける桑田佳祐に対して、ラジヲは叫ぶ。

「目立ちたがり屋の芸人は、日本のロック界のど真ん中に行くで。嘘やないで！」

ラジヲの言葉は、周囲の盛り上がりの中でかき消された。この新宿ロフトにいる百人余りの人々の中で、このジョギングパンツの6人組が「日本のロック界のど真ん中」に行くと信じていた者は、ラジヲの他に誰もいなかっただろう。テレビ局のスタッフも、さっきの芸能界風の男も、そして桑田佳祐本人も、そこまでは信じていなかったはずだ。

4

恋するラジオが、次にラジヲを連れてきた場所は、大阪フェスティバルホールだ。そこでラジヲは自分が5歳の幼児になっているのに気付いた。当然、1人ではこんな場所にはいられない。ラジヲは30代の頃の父親に肩車をされている。

肩車されている理由は、観客全員が総立ちになっていて舞台が見えないからだ。舞台狭しと豪快な演奏を繰り広げている白人4人組は、レッド・ツェッペリン。

「これはもしや、1971年9月29日、レッド・ツェッペリン伝説の大阪公演？」

高校時代にツェッペリンを聴き始めてから、この公演のことは聞いていた。彼らが日本で披露した数々の名演の中でも、とりわけ素晴らしく、とりわけ凄まじかった公演と言われている。

・9月23～24日：日本武道館
・9月27日：広島市民体育館
・9月28～29日：大阪フェスティバルホール

1971年、ツェッペリン初来日ツアーの日程。つまり今夜が千秋楽《せんしゅうらく》だったこともあり、まだ若々しい4人が、思い残すことのない、はちきれた演奏を見せたのだろう。

父親に肩車され、立錐の余地もなく立ち並ぶ長髪の若者越しに見つめたのは、ツェッペリンのライブの定番《幻惑されて（Dazed and Confused）》。ジミー・ペイジがバイオリンの弓でギターを弾くさまに、長髪の若者たちが髪を振り乱して熱狂している。

ラジヲの内面の72歳は胸を震わせたが、5歳の身体は、爆音と熱気に耐えきれなくなり、父親に頼んで、一回通路に出てもらった。いかにも大阪万博以前の建築という感じの内装の中で、ソファーに腰掛けて一息ついた。

また一瞬、目の前が真っ白になった。

すると、左隣にいたはずの父親がいなくなり、右隣から母親が現れた。母親も30代前半の若さだ。ラジヲが驚いたのは、時流なのか、ミニスカートを穿いていること。そして、ラジヲの身体はさらに幼くなっていた。

どうやら一瞬のうちに、ラジヲがいる場所は、1960年代の大阪フェスティバルホールに変わったようだ。なんだかわからないものの、母親を急《せ》かして、ホールの中に再度入ってみた。

5

演奏しているのはザ・フォーク・クルセダーズだった。長身の加藤和彦と北山修、そして小さなはしだのりひこ。どうやら1968年10月17日の「フォークル・フェアウェル・コンサート」のようだ。ここで彼らは解散する。

恋するラジオは、とことんセンスがいい。ラジヲが音楽少年だった頃に、心から行きたかった場所、聴きたかった音楽に出逢わせてくれる。

父親はツェッペリンなど、まるで興味がない素振りだったが、中学教師としてバリバリだった30代の母親は、はしだのりひことシューベルツの《風》を口ずさんでいたくらいだから、フォーク・クルセダーズの曲も、ある程度は知っているようだ。《イムジン河》や《水虫の唄》などに合わせて、楽しそうに手拍子をしている。

最後の公演の最後の曲が終わった。３人が客席に手を振っている。

そのときラジヲが、なにかを思いついたのか、急に母親の手を引っ張ってこう言った。

「舞台に行かせて！　加藤さんにひとこと言いたいことがあるんや！」

母親は一瞬拒むも、ラジヲの熱意に負けて、泣きじゃくっている女子大生のファンを尻目に、ラジヲと一緒に、舞台に向かって通路を駆け出した。途中ラジヲがつまずきそうになると、今度は母親がラジヲを抱き抱えて、さらに走った。

フォーク・クルセダーズの３人は舞台袖に消えようとしていた。下手の方に向かおうとしている、呆れるほどのっぽな加藤和彦を追いかけながら、ラジヲを抱き抱えた母親が声をかけた。

「加藤くん！　うちの、うちの息子が加藤くんに言いたいことがあるそうなんです！」

怪訝《けげん》そうな顔をしている加藤和彦に、舌っ足らずの喋り方でラジヲは告げた。

「いつまでも、今日のように楽しく音楽をやり続けてや。絶対やめんといてや！」

さすがに「自殺なんてするな」とストレートには言えなかったので、妙に思わせぶりな言い方となった。若くつるっとした顔の加藤和彦が笑顔で答える。

「もちろん。君も音楽をずっと好きでいてね」

そう笑って、加藤和彦は舞台から消えた。
内面の72歳のラジオは思った――「俺は約束を守り続けたのに……」

6

ひと仕事を終えたような気持ちになり、ラジヲは、フェスティバルホールのソファーに腰掛けて、握りしめた恋するラジオを見た。

すると、どうも様子がおかしい。周波数の表示盤が点滅しているのだ。どうも電池が残り少なくなっているようだ。

恋するラジオにいざなわれる、エキサイティングな時空の旅が、終わりに近付いていることをラジヲは悟った。そして、恋するラジオに導かれた場所をたどりながら、あることに気付いた。

・1978年：新宿ロフト～デビュー直後のサザンオールスターズ
・1971年：大阪フェスティバルホール～伝説のレッド・ツェッペリン大阪公演
・1968年：大阪フェスティバルホール～ザ・フォーク・クルセダーズ解散コンサート

1978kHz、1971kHz、1968kHzと周波数はだんだん移動し、だんだんと時代が過去に戻っている。そしてラジヲの身体もどんどん幼くなってきている。

ということは——。

まさかと思いながら、周波数をいちばん左側の1966kHzまで動かした。

音が流れてきた。またコンサート会場のようだ。しかし今度は「キャー!」「ワー!」という嬌声《きょうせい》だけで、肝心の音が聴こえてこない。

と思っていると、隣の母親がラジヲの手をぎゅっと強く握りしめた。

手と手がつながり、身体と身体がつながり、どんどん小さくなっていくラジヲの身体を母親の身体が包み込むかたちで、みるみる一心同体となる。恋するラジオも溶け出して、ラジヲと一緒に母親の中に取り込まれていく。

「胎内《たいない》に戻ったのか」と思った。

意識はしっかりしているものの、物理的存在としてのラジヲはもう世界から消えてしまった。そうしているうちに、また目の前が真っ白になった。

降り立ったのは――。

１９６６年６月30日、日本武道館。

舞台の壁面に書かれたアルファベットは――。

「THE BEATLES」

7

それは生前のラジヲが、いちばん行きたかった場所だ。

ラジヲが生まれたのは１９６６年の11月。だからビートルズの来日公演時は、まだ胎内にいたこととなる。だから、母親の身体に取り込まれた状態で、意識だけ浮遊する形でこの場所に降り立ったのか。

ラジヲは、妙なことを思い出した。高1の頃、日本テレビがビートルズ来日公演の模様を再放送したのだが、それを見て「かっこええなぁ」とうっとりしながら独り言を言ったとき、母親がこう言ったのだ。

「当時の教え子も、みんな『ビートルズかっこええ、かっこええ』って言うてたわ。それでビートルズの曲、いろいろ聴かせてくれてなぁ。私には、ようわからんかったけどな」

ラジヲはそのとき、妙な心持ちになったのだ。まるで現在と過去が、ひとつの糸で結ばれたような。

今、1966年の武道館の中で、ラジヲは気付いたのだ。母親の胎内で、ビートルズを確かに聴いていたということを。

ラジヲが初めて聴いたロックンロールが、ビートルズだということを。

ラジヲの意識が、武道館の中を浮遊している。ドリフターズや内田裕也の前座が終わって、司会のE・H・エリックに呼び込まれ、ビートルズの4人が舞台に立った。嬌声はさらに強まった。

4人はチューニングに時間をかけている。終わった。並んだ。左にポール・マッカートニー、真ん中にジョージ・ハリスン、後ろにリンゴ・スター、そして右にジョン・レノン。

ジョンがE7のコードをかき鳴らす。日本公演記念すべき第1曲目の《ロックンロール・ミュージック》だ。続けてジョンがハイトーンでシャウトする。

――♪Just Let Me Hear Some of That Rock and Roll Music!

ゴゴゴゴゴ！　ジュワーン！　チュイーン！

プツッ！

「Just Let Me Hear Some of That Rock and Roll Music! ＝俺にロックンロールを聴かせてくれよ！」とジョンが切り出した瞬間、妙な音がして、身体と一体化した恋するラジオの電池が切れ、音が途絶えた。

そして、ラジヲの意識は、徐々に薄らいでいき、客席で浮遊し、武道館の天井を通り抜けて、ゆっくりと上空に向かっていく。

恋するラジオにいざなわれて、恋した音楽を巡る時空の旅は、死ぬまで死ぬほど音楽に恋した者だけに与えられる、最後の、最高のご褒美《ほうび》だったのだ。

薄らいでいく意識の中で、ラジヲが最後に見たものは、ファンや群衆、おびただしい数の警官に囲まれた、１９６６年6月30日の日本武道館だった。しかしそれも、白い靄が立ち込めてきて、どんどん見えなくなっていく。

せっかくのビートルズ日本公演だったのに。もっと聴きたかったのに。

日本公演の冒頭を飾る「俺にロックンロールを聴かせてくれよ！」というジョン・レノンのシャウトは、日本人が最初に聴いたロックンロールだった。

そしてそのシャウトは、ラジヲが最後に聴いたロックンロールとなった。

もっともっと音楽を聴き続けたかったラジヲはつぶやいた。

「俺にも、ロックンロール、聴かせてえな、お母さん……」

それが、ラジヲの最後の言葉になった。

（完）

＊1　20年ほど前に出演していた音楽番組……BS12トゥエルビ『ザ・カセットテープ・ミュージック』。

＊2　TBS『ザ・ベストテン』……1978年から1989年にかけて放送された伝説的な音楽番組。1985年の久米宏の降板で勢いが落ち、絶えず上位を占めるのに、一切出演しなくなったおニャン子勢によって、さらに勢いが削がれた。

＊3　青山学院大学の音楽サークル……桑田佳祐や原由子が所属していた「ベターデイズ」のことを指す設定。ピチカート・ファイヴの小西康陽も「ベターデイズ」出身。

＊4　久米宏……日本テレビ界・ラジオ界のレジェンドMC。

◎総人口の推移
人口推計の出発点である平成27（2015）年の日本の総人口は同年の国勢調査によれば1億2709万人であった。出生中位推計の結果に基づけば、この総人口は、以後長期の人口減少過程に入る。平成52（2040）年の1億1092万人を経て、平成65（2053）年には1億人を割って9924万人となり、平成77（2065）年には8808万人になるものと推計される。

◎老年（65歳以上）人口および構成比の推移
老年人口割合を見ると、平成27（2015）年現在の26・6%で4人に1人を上回る状態から、出生中位推計では、平成48（2036）年に33・3%で3人に1人となり、平成77（2065）年には38・4%、すなわち2・6人に1人が老年人口となる。

出典：国立社会保障・人口問題研究所『日本の将来推計人口』（平成29年推計）

JASRAC 出 2006593-001

『恋するラジオ』オンエアリスト

序曲（Overture）：白い靄《もや》の中の恋するラジオ（2039kHz）

・アリス《冬の稲妻》（１９７７年）
アリスを一躍スターダムに押し上げたヒット曲。魅力のポイントは、乾いたアコースティックギターにツインリードギターという西海岸風サウンドにあったと思う。

【A面】

#１：東大阪のアリス（1978kHz）

・アリス《涙の誓い》（１９７８年）
前年の《冬の稲妻》の「アリス風西海岸路線」を踏襲した、こちらもヒット曲。当時のＭＢＳ『ヤングタウン』で「なみちか」と略された。

・アリス《ジョニーの子守唄》（１９７８年）
となると、こちらは「ジョニこも」。ちょっと大人びた路線にシフト。

・アリス《チャンピオン》（１９７８年）
アリス最大のヒット。売上枚数78万枚。「♪You're king of kings（チャンチャン）」のところを、ミス花子の１９７６年のヒット《河内のオッサンの唄》になぞらえて「♪よう来たのぉ（ワレ）」と替え歌するのが当時、大阪の小学生の間で流行った。

・ＲＣサクセション《ドカドカうるさいＲ＆Ｒバンド》（１９８３年）
アルバム『ＯＫ』の最後を飾るナンバー。当時のＲＣの勢いがしたたり落ちてきそうな曲。「♪子供だましのモンキービジネス」というフレーズには、多少の自己批判も垣間見える。

・アリス《今はもうだれも》（１９７６年）
《冬の稲妻》ヒットの導火線のような位置にある曲。

#２：大阪上本町のクイーン（1983kHz）

・ザ・ビートルズ《デイ・トリッパー》（１９６５年）
実に独創的なリフ（レイン）。あのリフに触発されて、多くのカバーが生まれた。

・イエロー・マジック・オーケストラ（ＹＭＯ）《デイ・トリッパー》（１９７９年）
そんなカバーのひとつ。スタジオ盤では、鮎川誠の不思議なリードギターが印象的。

・ザ・ビートルズ《プリーズ・プリーズ・ミー》（１９６３年）
ポールとジョンの不思議なハーモニーが忘れられない初期ヒット。

・ザ・ビートルズ《アスク・ミー・ホワイ》（１９６３年）
《プリーズ・プリーズ・ミー》のＢ面。あのレナード・バーンスタインが絶賛したと言われている。

・キム・カーンズ《ベティ・デイビスの瞳（Bette Davis Eyes）》（１９８１年）
１９８１年を代表するナンバー。「アメリカの葛城ユキ」のようなハスキーボイス。ベティ・デイビスとはアメリカの有名女優の名前。

・レッド・ツェッペリン《レモン・ソング》（１９６９年）
彼らの初期代表作のひとつ。ドライブするベースとセクシャルな歌詞が素晴らしい。

・ザ・ナック《マイ・シャローナ》（１９７９年）
「一発屋」と揶揄（やゆ）されるが、これほど飛距離のある「一発」を打てた彼らは幸せだったと思う。

・ピンク・フロイド《アナザー・ブリック・イン・ザ・ウォール・パートII》（１９７９年）
ＪＲ蒲田駅の発車音（蒲田行進曲）に似ているという、某ラジオ番組への投書が忘れられない。

・ブロンディ《コール・ミー》（１９８０年）
ブロンディにはサディスティック・ミカ・バンドの影響があるという説がある。ボーカルが女性という点に加え、ブロンディ《ハート・オブ・グラス》とミカ・バンド《ヘーイごきげんはいかが》の近似性。

・ビリー・ジョエル《ロックンロールが最高さ（It's Still Rock and Roll to Me）》

（１９８０年）

田中康夫が自著『なんとなく、クリスタル』において、ビリー・ジョエルのことを「ニューヨークの松山千春」と評した頃の作品。

・レイ・パーカー・ジュニア《ゴーストバスターズ》（１９８４年）

同名映画の主題歌。

・安全地帯《碧い瞳のエリス》（１９８５年）

地味ながら名曲。大王製紙の生理用品「elis」のCMソング。

・ギルバート・オサリバン《アローン・アゲイン（ナチュラリー）》（１９７２年）

優しい曲調と凄絶な歌詞のギャップに驚かされる。

・サイモン&ガーファンクル《ミセス・ロビンソン》（１９６８年）

ダスティン・ホフマン主演の映画『卒業』のイメージが強い曲。

・サイモン&ガーファンクル《4月になれば彼女は（April Come She Will）》（１９６６年）

英語と語順を変えないことで生まれた名邦題。

・グランド・ファンク・レイルロード《ロコモーション》（１９７４年）

リトル・エヴァのヒット曲のハードロック版カバー。

・ビー・ジーズ《ステイン・アライヴ》（１９７７年）

映画『サタデー・ナイト・フィーバー』のサウンドトラックからのヒット。日本にディスコブームをもたらした曲。

・ザ・ゾンビーズ《ふたりのシーズン（Time Of The Season）》（１９６８年）

彼らの代表曲。これもいい邦題。

・クイーン《ボヘミアン・ラプソディ》（１９７５年）

言わずと知れた超・有名曲。レッド・ツェッペリン《天国への階段》、イーグルス《ホテル・カリフォルニア》と並ぶ、70年代の（白人）洋楽を代表する大作。

・クイーン《預言者の唄（The Prophet's Song）》（１９７５年）

フレディー・マーキュリー・ザ・グレイテスト！

・クイーン《ラジオ・ガ・ガ（Radio Ga Ga）》（１９８４年）

レディー・ガガと映画『ボヘミアン・ラプソディ』の影響によって、この10年の間に、一気に時価総額が上がった曲。

・クイーン《ブレイク・フリー（I Want to Break Free）》（１９８４年）

当時的な言い方での「プロモーション・ビデオ」（ＰＶ）が逆プロモーションになった例かもしれない。

・ザ・ビーチ・ボーイズ《シャット・ダウン・パートII（Shut Down, PartII）》（１９６４年）

高校時代に一気にタイムトリップできる、私にとってのマジックソング。

＃３：早稲田のレベッカ (1986kHz)

・スターシップ《セーラ（Sara）》（１９８５年）

あのサイケデリックの「ジェファーソン・エアプレイン」の後継が歌っているとは思えないセンチメンタルなバラード。

・渡辺美里《My Revolution》（１９８６年）

80年代邦楽イントロの最高峰。ザ・ベスト・オブ・大村雅朗ワークス。

・吉川晃司《MODERN TIME》（１９８６年）

イントロから歌メロに入るところの転調が良い。

・斉藤由貴《悲しみよこんにちは》（１９８６年）

ソングライター・玉置浩二の底力を感じる。

・少年隊《デカメロン伝説》（１９８６年）

向かうところ敵なしだった「１９８６年の秋元康」の序曲。「♪ドレミラ・ーミレド・ラシドミ・ードラソ」の「階名イントロ」の破壊力たるや。

・レベッカ《フレンズ》（１９８５年）

ＮＯＫＫＯの歌詞も素晴らしいが、それ以上にギターソロが素晴らしい。日本一歌いたくなるギターソロ。

・サザンオールスターズ《メロディ（Melody）》（１９８５年）

サザン初期を総括する傑作。スージー鈴木著『サザンオールスターズ１９７８−１９８５』（新潮新書）参照。

・レベッカ《RASPBERRY DREAM》（１９８６年）

「ズンズン・チャーカ・ズンズン・チャ」という60年代後半のグループサウンズ（ＧＳ）のリズムが復活している。

・サイモン&ガーファンクル《早く家に帰りたい（Homeward Bound）》（１９６６年）

身のまわりには疎外感しかなかった「1986年のラジヲ（スージー鈴木）」のテーマソング。

・レベッカ《LONDON BOY》（1985年）、《LONELY BUTTERFLY》（1986年）、《LOVE PASSION》（1985年）、《フリーウェイ・シンフォニー》（1985年）、《PRIVATE HEROINE》（1985年）

このI986年早稲田祭におけるレベッカ伝説のライブは、2017年発売のDVD『REBECCA LIVE '85-'86 -Maybe Tomorrow & Secret Gig Complete Edition-』（ソニー・ミュージックダイレクト）に収録されている。

#4：川崎溝ノ口のロッキング・オン（1988kHz）

・USA・フォー・アフリカ《ウィー・アー・ザ・ワールド》（1985年）

アメリカ音楽界ののど自慢大会。ただ、その歌のレベルの高さには、邦楽界が100年経っても追いつけない感じがした（する）。

・バンドエイド《ドゥー・ゼイ・ノウ・イッツ・クリスマス》（1984年）

音楽的には《ウィー・アー・ザ・ワールド》よりもこちらの方がキュート。

・ザ・シェイクス《R.O.C.K. TRAIN》（1986年）

この本をきっかけに、このような曲を紹介できるのは、この上なく嬉しい。佐野元春のラジオ番組で知って、当時とても感化された曲。THE REDSやクレヨン社についても語ることが出来る場があればいいと思う。

#5：半蔵門の吉川晃司（1989kHz）

・吉川晃司《RAIN-DANCEがきこえる》（1986年）

同年のヒット、パワーステーション《サム・ライク・イット・ホット》をリアルタイムで再現したようなアレンジが印象的。

・吉川晃司《すべてはこの夜に》（1986年）

沢田研二のカバー。作者は佐野元春。エンディングのドラムスが良い。

・吉川晃司《プリティ・デイト》（1988年）

90年代吉川晃司の予兆のようなノリノリの曲。

・COMPLEX《BE MY BABY》（1989年）

この曲のイントロを初めて聴いたときの衝撃は未だに忘れ難い。

・COMPLEX《RAMBLING MAN》（1989年）

名曲。大学4年生なりたての春に、この曲を聴けたことを、心から感謝したい。

#6：武蔵小金井の真島昌利（1992kHz）

・近藤真彦《アンダルシアに憧れて》（1989年）

さまざまな音楽的アプローチを試していた「80年代後半の近藤真彦」を象徴する曲。

・真島昌利《花小金井ブレイクダウン》（1989年）、《夕焼け多摩川》（1989年）、《ルーレット》（1989年）、《カローラに乗って》（1989年）

「名盤」というありきたりな表現でまとめるのがはばかられる、真島昌利のソロアルバム『夏のぬけがら』の収録曲。バブルから隔絶されたような三多摩地区の少年たちのため息が聞こえてきそうな作品。特に《ルーレット》の「♪ルーレットがまわるように　毎日が過ぎていくんだ　何にどれだけ賭けようか友達　今がその時だ」というフレーズを、ラジヲ（スージー鈴木）は、一日たりとも忘れたことはない。

【B面】

#7：阿佐ヶ谷のサザンオールスターズ（1993kHz）

・ビートルズ《サージェント・ペパーズ・ロンリー・ハーツ・クラブ・バンド》（1967年）

「溝ノ口オールスターズ」バージョンは、ジミ・ヘンドリックスのカバーの影響を受けていた。

・新田恵利《冬のオペラグラス》（1986年）

アメリカンポップス・フレーバー溢れた名曲。福永恵規《風のInvitation》同様、もっと評価されて良い。

・カーペンターズ《シング》（1973年）

カレン・カーペンターのボーカルがひたすら素晴らしい。ラジヲ（スージー鈴木）

はこの曲を、小学生時代にNHK教育で流れた日本語版で知った。

・**荒井由実《瞳を閉じて》**（1974年）
長崎県立五島高校奈留分校（現・奈留高校）に通う女子高生が『オールナイトニッポン』に寄せた「校歌を作って欲しい」という依頼を受けて、荒井由実が作った曲。結局「校歌」ではなく「愛唱歌」に落ち着いた。奈留高校にはこの曲の碑があり、ラジヲ（スージー鈴木）は2013年、その碑を訪問した。

・**チェッカーズ《あの娘とスキャンダル》**（1985年）
「溝ノ口オールスターズ」バージョンはア・カペラ録音。

・**サザンオールスターズ《旅姿六人衆》**（1983年）
アルバム『綺麗』B面と『The Best of 溝ノ口オールスターズ』A面の最後を飾る名バラード。

・**サイモン&ガーファンクル《サウンド・オブ・サイレンス》**（1965年）
先の真島昌利《ルーレット》の歌詞「♪何にどれだけ賭けようか　友達　今がその時だ」の「友達」は、この曲の「♪Hello darkness, my old friend」からの影響ではないだろうか。

・**西城秀樹《ラストシーン》**（1976年）
テレサ・テン《別れの予感》と並ぶ、作曲家・三木たかしの傑作のひとつ。10cc《アイム・ノット・イン・ラヴ》の影響がうっすら感じられる。

・**水森亜土《すきすきソング》**（1969年）
この「日本最初期の3コード・ロックンロール」のひとつの作詞は井上ひさし（と山元護久）、作曲は小林亜星。

・**ザ・ビートルズ《フォー・ノー・ワン》**（1966年）、**《レボリューション》**（1968年）
「溝ノ口オールスターズ」バージョンでは、この2曲がメドレーとなっており、《フォー・ノー・ワン》にはフレンチホルンが入っているという徹底ぶり。

・**ザ・スパイダース《エレクトリックおばあちゃん》**（1970年）
コミックソングの体裁を取りながら、本当の聴きどころは、当時の日本ロックとしては抜群に安定感のある演奏。

・**はっぴいえんど《はいからはくち》**（1971年）
はっぴいえんど版3コード・ロックンロール。細野晴臣によるぐんぐんドライブするベースが凄まじい。

・**ザ・ビートルズ《ヘイ・ジュード》**（1968年）
サザンオールスターズ《旅姿六人衆》のエンディングのコード進行は、この《ヘイ・ジュード》からの借用。

・**ザ・ビートルズ《ユー・ネバー・ギブ・ミー・ユア・マネー》**（1969年）
アルバム『アビイ・ロード』より。「ザ・ポール・マッカートニー・サウンド」。

・**ザ・ビートルズ《ビコーズ》**（1969年）
ビートルズの本質がコーラスグループだったということを思い知らされる、抜群のコーラスワークが楽しめる。

・**サザンオールスターズ《シャ・ラ・ラ》**（1980年）
地味ながら名曲。ドラマ『ふぞろいの林檎たち』を思い出させる。

#8：原宿の小沢健二 (1994kHz)

・**trf《EZ DO DANCE》**（1993年）
「小室系」の端緒となるこの曲は、メロディの骨格から個性的で奇妙だった。

・**TM NETWORK《Self Control》**（1987年）
「♪レッ・レッ・レーミ」という音列を執拗に繰り返すところがポイントの曲。

・**ザ・ブルーハーツ《青空》**（1989年）
名曲中の名曲。「♪生まれた所や皮膚や目の色で　いったいこの僕の何がわかるというのだろう」というメッセージが古びないのは、この曲が出来過ぎているからか、社会が進展しないからなのか。

・**ザ・ブルーハーツ《リンダリンダ》**（1987年）
当時のカラオケの定番曲。品格ある曲が安売りされている印象を受けた。

・**ザ・ブルーハーツ《1985》**（1985年）
「♪40年前戦争に負けた（中略）放射能に汚染された島」という歌詞がある。

・**サザンオールスターズ《いとしのエリー》**（1979年）
サザンオールスターズのイメージを、コミックバンドからビートルズの後継者に変えた曲。この1曲がなければ、いまのサザンもない。

・**小沢健二《愛し愛されて生きるのさ》**（1994年）
歌い出しがゴダイゴ《銀河鉄道999》のサビに似ている。

・小沢健二《ぼくらが旅に出る理由》（1994年）
アルバム『LIFE』収録。僕らの住むこの世界には、旅に出る理由と本を読む理由と音楽を聴く理由でいっぱいだ。

・小沢健二《強い気持ち・強い愛》（1995年）
小沢健二と筒美京平による編曲が素晴らしい。特に90年代を代表する名イントロ。

・小沢健二《ドアをノックするのは誰だ》（1994年）
正式タイトルは《ドアをノックするのは誰だ?（ボーイズ・ライフpt.1:クリスマス・ストーリー）》。これをギュッと略すと「ドアノック」。

・小沢健二《いちょう並木のセレナーデ》（1994年）
原由子の同名曲へのオマージュ。

・小沢健二《東京恋愛専科・または恋は言ってみりゃボディー・ブロー》（1994年）
首都高速都心環状線（内回り）の浜崎橋ジャンクションあたりの風景が浮かぶ。

・小沢健二《流れ星ビバップ》（1995年）
ザ・ベスト・オブ・オザケンワークス。

#9：みなとみらいのRCサクセション（1998kHz）

・RCサクセション《トランジスタラジオ》（1980年）
「♪君の知らないメロディー　聞いたことのないヒット曲」というフレーズの中に、ラジオの魔法が込められていることに気付いたのは、年を取ってから。

・ピチカート・ファイヴ《我が名はグルーヴィー》（1993年）
曲名に偽りなし。最高にグルーヴィー。

#10：川崎駅前の加藤和彦（2005kHz）

・ザ・フォーク・クルセダーズ《イムジン河》（1968年）
歌詞が、歴史が、政治がという以前に、オリエンタルなメロディが抜群に美しい。

・加藤和彦　北山修《あの素晴しい愛をもう一度》（1971年）
イントロのアコースティックギター、スリーフィンガー奏法の美しさたるや。

・はしだのりひことシューベルツ《風》（1969年）
ビートルズのジョージ・ハリスン同様、ザ・フォーク・クルセダーズ解散直後に飛び出したのが、「第三の男」＝はしだのりひこだった。

・ベッツィ&クリス《白い色は恋人の色》（1969年）
ビジーフォーのグッチ裕三とモト冬樹による物まねが忘れられない。

・竹内まりや《不思議なピーチパイ》（1980年）
80年春の資生堂キャンペーンソング。CMに出演していたのはメアリー岩本。後のマリアン。

・YUKI《ドゥー・ユー・リメンバー・ミー》（1980年）
加藤和彦は、この曲や《あの素晴しい愛をもう一度》のような、シンプルで切ないメロディで抜群の才能を発揮する。そのことに本人がどこまで気付いていたかはわからないが。

・サディスティック・ミカ・バンド《暮れる想い》（1989年）
聴きようによっては、こんな悲しい曲はない。作詞は高橋幸宏と森雪之丞。

・和幸《タイからパクチ》《ナスなんです》《あたし元気になれ》（2009年）
はっぴいえんどに対する加藤和彦の複雑な目線を感じて、複雑な気分になるタイトル群。

・加藤和彦《レイジー・ガール》（1979年）
作詞家・安井かずみの最高傑作のひとつ。アルバムタイトル『パパ・ヘミングウェイ』を受けた「海に人生を教わり」がいい。ちなみにヘミングウェイも自殺で命を終えている。

#11：ふたたびの早稲田と山下達郎（2018kHz）

・山下達郎《アンブレラ》《言えなかった言葉を》《朝の様な夕暮れ》《きぬずれ》（1977年）
山下達郎『SPACY』、奇跡のB面メドレー。若き山下達郎が、洋楽からの影響を相対化し、自分にしか作れない自分だけの等身大の音を掴んだ瞬間がパッケージングされている。

・KUWATA BAND《BAN BAN BAN》（1986年）
「サザンオールスターズ」という枠組みからの自由を謳歌しているような音。ただし枠組みがもたらす自由もある。そうでなければ、人々はサザンオールスターズやアルバム『KAMAKURA』に、あれほど惹かれなかった。

・**サザンオールスターズ《Oh! クラウディア》**（1982年）
アルバム『NUDE MAN』に収録されたファン垂涎のバラード。エンディングがいい。

・**シーナ&ザ・ロケッツ《ロックの好きなベイビー抱いて》**（1994年）
シナロケ×阿久悠の突飛なコラボレーションが生んだ豊潤な果実。シングルマザーの目線で語られる歌詞は、すべての親への汎用性を持つ。この曲のリリースから26年経っている。「この世」はどうなっている？

・**福永恵規《風のInvitation》**（1986年）
「おニャン子」というだけで過小評価されている曲。アメリカンポップスのエキスが詰まっている名曲。他にも中村あゆみ《翼の折れたエンジェル》などを生んだ作曲家・高橋研はもっと評価されていい。

・**山下達郎《僕の中の少年》**（1988年）
32年前、山下達郎の子供に渡された「僕の中の少年」は、そろそろ次の世代に継がれて「孫の中の少年」になるのだろうか。

#12：ふたたびの東大阪と細野晴臣 (2019kHz)

・**はっぴいえんど《春よ来い》**（1970年）
はっぴいえんどのメンバー全員に、「音楽シーンでのブレイク」という意味での「春」が来るのは、この曲から約10年後のこと。

・**井上陽水《帰郷（危篤電報を受け取って）》**（1972年）
アルバム『陽水II センチメンタル』収録。ライブアルバム『陽水ライヴ　もどり道』にも収録。

・**細野晴臣《終りの季節》**（1973年）
アルバム『HOSONO HOUSE』収録。後にアルバム『オーエスオーエス』で矢野顕子もカバー。

・**大貫妙子《春の手紙》**（1993年）
TBS系ドラマ『家裁の人』主題歌。歌詞で歌われる「あなた」が、恋人などではなく親のように感じられて仕方がない。

・**竹内まりや《いのちの歌》**（2012年）

スケールの大きなバラード。高齢化が進み、言葉を選ばず言えば、病人と死人がどんどん増えていくこれからの日本には、こういう歌が増えていくといい。

終曲（Finale）：日本武道館のビートルズ (1966kHz)

・**クイーン《'39》**（1975年）
『ライヴ・キラーズ』のバージョンもいいが、アルバム『オペラ座の夜』収録、作り込まれたオリジナル盤もいい。

・**クイーン《炎のロックンロール（Keep Yourself Alive）》**（1973年）
クイーンのデビューシングル。ちなみに《Now I'm Here》の邦題は「誘惑のロックンロール」。

・**サザンオールスターズ《勝手にシンドバッド》**（1978年）
この曲以前・以後。発売日の6月25日は「ロックの日」として、国民の休日にすればいい。

・**レッド・ツェッペリン《幻惑されて（Dazed and Confused）》**（1969年）
レッド・ツェッペリンのコンサートの定番。やたらと長く演奏される摩訶不思議な曲。

・**ザ・フォーク・クルセダーズ《水虫の唄》**（1968年）
アルバム『紀元貮阡年』の先行シングル。「ザ・フォーク・クルセダーズ」ではなく、なぜか「ザ・ズートルビー」という変名で発売された。

・**ザ・ビートルズ《ロックンロール・ミュージック》**（1964年）
アルバム『ビートルズ・フォー・セール』A面に収録されたチャック・ベリーのカバー。

スージー鈴木

1966年大阪府東大阪市生まれ。大阪府立清水谷高校卒業、早稲田大学政治経済学部経済学科卒業。音楽評論家、野球評論家、野球音楽評論家。高校の図書館で見つけた、渋谷陽一『ロックミュージック進化論』に天啓を受け、音楽評論を志す。しかし若くして大ブレイク、とはならず、社会人となりながらも、サラリーマンの傍ら地味に評論活動を続け、アラフィフとなった数年前より、次々と著書を出版。著書に『イントロの法則80's～沢田研二から大瀧詠一まで』(文藝春秋)、『いとしのベースボール・ミュージック 野球×音楽の素晴らしき世界』(リットーミュージック)、『1979年の歌謡曲』『80年代音楽解体新書』(ともに彩流社)、『1984年の歌謡曲』(イースト・プレス)、『サザンオールスターズ1978-1985』(新潮社)、『カセットテープ少年時代 80年代歌謡曲解放区』(マキタスポーツ氏との共著、KADOKAWA)、『チェッカーズの音楽とその時代』(ブックマン社) など多数。マキタスポーツ氏と共演するBS12トゥエルビの音楽番組〈ザ・カセットテープ・ミュージック〉や月曜日を担当しているラジオ〈9の音粋〉(bayfm 78.0MHz)にも熱いファンが多い。

本書は、著者がメールマガジン「水道橋博士のメルマ旬報」に連載(2018年～2019年)していた小説を大幅に加筆したものです。

恋するラジオ ～Turn on the radio

2020年8月26日　初版第一刷発行

著　者　スージー鈴木

ブックデザイン　片岡忠彦
イラスト　大月明日香
編　集　小宮亜里　黒澤麻子
校　正　櫻井健司
営　業　石川達也

発行者　田中幹男
発行所　株式会社ブックマン社
〒101-0065　千代田区西神田3-3-5
TEL　03-3237-7777　FAX 03-5226-9599
http://www.bookman.co.jp

ISBN 978-4-89308-932-8
印刷・製本：図書印刷株式会社